KB078200

미스터K

마스터 K 11

김광수 현대 판타지 장편 소설

초판 1쇄 찍은 날 § 2013년 6월 26일
초판 1쇄 펴낸 날 § 2013년 7월 3일

지은이 § 김광수
펴낸이 § 서경석

편집부장 § 권태완
편집책임 § 어정원

펴낸곳 § 도서출판 청어람
등록번호 § 제1081-1-89호
등록일자 § 1999. 5. 31
어람번호 § 제1-1623호

주소 § 경기도 부천시 원미구 심곡2동 163-2 서경B/D 3F (우) 420—822
전화 § 032-656-4452 팩스 § 032-656-4453
http://www.chungeoram.com
E-mail § chungeorambook@daum.net

ISBN 978-89-251-3341-6 04810
ISBN 978-89-251-3073-6 (세트)

마스터 K

11

김광수 현대 판타지 장편 소설

FUSION FANTASTIC STORY

CONTENTS

제1장   너님 닌자세요?   7

제2장   하늘이시여! 이건 아니잖아요!   43

제3장   세상 여인들 중 단연 갑   83

제4장   영혼이 자유로운 도사   121

제5장   나는 이제 어떻게 해야 하는가   157

제6장   자유 투쟁기   197

제7장   탕수육과 키스의 상관관계   227

제8장   저 신선 안 해요!   267

마스터K

"재미있군. 일개 고등학생이 대한민국의 내로라하는 조
직을 희롱하다니······."

언뜻 보면 그냥 진한 갈색인 인도산 마호가니 원목의 엔
틱 가구들.

하지만 은은하게 붉은 빛이 배어 나온다.

전체적으로 중후한 멋이 물씬 풍기는 공간의 실내 공기.

화려하지 않으면서도 기품이 느껴지는 천연 가죽 의자에
몸을 기대앉은 한 남자.

오십대 중반 정도의 얼굴로 키는 적당하고 인상은 부드

럽다.

흰머리가 간간이 눈에 띄는 정도의 헤어스타일에 풍기는 분위기 또한 조용한 이미지다.

스프라이트 진회색 양복에 붉은색 체크가 세련된 깔끔한 넥타이.

영락없이 기업의 중역 이상의 포스가 느껴진다.

"회장님, 다시 한 번 청합니다. 이번 기회를 놓치지 말아야 합니다."

한 남자가 고개를 깊숙이 숙이며 보고한 내용에 대한 중요성을 강조하고 있었다.

책상 위에 놓여 있는 검정 대리석 명판에 정확하게 새겨져 있는 이영식이라는 이름 석 자.

직함은 회장이다.

이영식이라는 이름은 일반인들에게 알려진 과거 대형 조직의 두목들과 색깔을 달리했다.

그의 이름은 조직원들 사이에서만 회자되었다.

현재 대한민국 거대 조직들 중 서열 1, 2위를 다투고 있다.

강남의 나머지 반을 지배하고 있는 또 다른 밤의 황제.

다산파와 어깨를 나란히 하고 있었지만 추구하는 방향이 달랐다.

노선을 달리하고 있는 것이다.

과거 조직폭력배들처럼 마약과 매춘에 청부 폭력을 주로 삼고 있는 다산파.

그들은 무늬만 기업체처럼 모습을 바꾸었지, 본래의 것들을 고스란히 고수하고 있었다.

그에 반해 사철파는 달랐다.

보스의 사고방식이 다른 데서부터 시작된다.

어릴 때 요식업을 하던 부모님이 하루가 멀다 하고 동네 깡패들에게 시달리던 것들을 목격하며 자란 이영식.

늦은 나이에 조직 생활에 뛰어들었다.

온전히 이영식 자신의 선택이었다.

그것도 서울의 명문대 법학과를 졸업하고 사시를 준비하던 그였다.

그런 그가 조직 세계에 스스로 몸을 담근 것이다.

미래가 유망했던 이영식.

1차 시험을 합격하고 2차 역시 너끈히 통과할 수 있는 실력을 갖고 있는 그가 이를 갈며 조직에 투신했다.

그의 속내를 아는 사람은 아무도 없었다.

다만 당시 그의 재능을 알아본 사철파 초대 두목이 이영식을 중용했고 오늘의 이 자리에 있게 되었다.

사업경영 방식도 달랐다.

음지에서 불법적인 사업을 통해 세력을 확장하는 타 조직들.

그런 그들과 달리 이영식은 완벽하게 세상을 속였다.

전국 조직원들의 명단을 다 갖고 있는 검찰과 경찰.

그 명단에도 이영식의 이름은 빠져 있었다.

공식적인 사철파의 두목 자리에는 현재 부두목의 이름이 올라가 있었던 것이다.

이름없는 밤의 회장인 것이다.

그 누구도 섣불리 건들 수 없는 자.

공식적으로는 강남의 반을 지배하고 있었지만 주 활동 무대는 명동.

그것도 대한민국 사금융계의 막후 인물이다.

동종 업자들 사이에서는 누구를 막론하고 회장님으로 통했다.

조직도 돈이 있어야 운영이 가능하다.

그런 사실을 이미 알고 있던 이영식이 선택한 사업이 바로 사채를 비롯한 엔젤투자금융을 통한 기업의 육성이었다.

무슨 조직폭력배가 기업을 육성한다고 하는가 싶겠지만 이영식은 진짜 그렇게 했다.

사회 곳곳에서 정당하게 자리를 잡은 동기들과 인맥을

통해 길을 잡았다.

건전한 기업들을 선별해 자금을 댄 것이다.

선대 보스에게 내려 받은 자금과 뒤를 봐주던 사채업자를 통해 저금리로 돈을 빌려 투자를 시작했다.

그리고 대박이 났다.

이미 IMF 전에 여러 정보와 선견지명으로 보유하고 있던 돈을 달러로 모든 자금을 바꿔놓았던 이영식.

개인의 힘으로는 대응할 수 없는 국제적 환율 전쟁.

그 전쟁에서 살아남기 위해 달러 환치기꾼을 자처했다.

이영식은 돈으로 돈을 벌었지만 그것을 착복하지는 않았다.

오래전부터 사업성이 뛰어나고 비전은 있지만 자금이 부족한 기업들을 찾아 저리로 달러를 빌려주었다.

하루아침에도 수십에서 수백 개의 기업이 쓰러졌다.

그때 이영식 회장이 댄 자금으로 무려 100여 개의 탄탄했던 기업이 회생할 수 있었다.

물론 공짜는 아니었다.

사채처럼 폭리를 취하지는 않았지만 상당수 지분을 넘겨받는 형식을 취했다.

또한 엔젤투자금융을 통해 정식으로 코스닥에 상장됐다.

하늘은 이영식을 또 도왔다.

김도중 정부 때 실시되었던 벤처기업의 열풍.

그 바람에 엄청난 자금이 주식 시장에 몰렸다.

이영식은 투자 금액의 10배, 많게는 30배의 수익을 순식간에 올렸다.

거저 얻은 돈복은 결코 아니었다.

친구들과 선배, 후배들을 통해 꾸준히 인맥 관리를 해왔던 이영식.

냉철한 판단력과 인간성으로 행운의 기회를 움켜쥔 것이다.

차곡차곡 쌓이기 시작한 부를 통해 그제야 본격적으로 뛰어들게 된 사회사업.

어릴 적 이영식의 꿈이 펼쳐지기 시작한 순간이었다.

뒤로는 사철파의 대두목이면서 명동 사채업자 대부 신분의 이영식.

그런 그가 사회사업까지 보기 좋게 성공시켜 운영하고 있는 것이다.

늘푸른 복지회를 발족시켜 불우한 청소년들과 소년소녀가장들을 위한 장학사업을 현실화했다.

또한 쟁애인들과 노인들을 위한 재활사업에도 뛰어들었다.

투명하게 회계 장부를 공개한 것과 도움을 받았던 기업

들의 참여가 컸다.

전국적으로 수십만 명의 후원자를 둔 대한민국 제일의 복지회인 셈이다.

이영식 앞에서는 암암리에 정치인들도 고개를 숙였다.

어느 정도 정보를 획득한 기자들도 입장은 마찬가지.

인망이 대단한데다 그에게 잘 보이려고 줄을 선 기업가들과 정치인들이 수두룩했다.

여기에 강남의 대형 조직을 이끌고 있다는 것까지.

과거 이런 이영식을 음해하기 위해 움직였던 사회부 기자 두 명이 있었다.

그들은 하루아침에 교통사고로 장애를 얻었고 그 사건은 두고두고 회자되고 있다.

물론 이영식이 직접 나섰다거나 명령을 내린 것은 아니었다.

평소에도 기본적으로 의리와 신의를 강조했던 이영식.

그리고 수하 대부분이 평생 먹고살 수 있도록 기반을 다져 놓은 상태였다.

이런 까닭에 이영식을 따르는 조직원들의 충성심은 상상을 초월했다.

뿐만 아니라 이영식이 사망하게 되면 상당의 자산이 장학 재단으로 흡수되게 돼 있다.

이영식이 계획적으로 이를 의도한 것은 아니었다.

하지만 그 때문에라도 조직원들에게 있어 이영식은 오래오래 회장으로 역임해야 했다.

그래야 자신들의 미래도 보장받을 수 있다고 생각한 것이다.

다른 파의 조직원들이 돈을 좇아 움직인다면 이영식의 사철파는 의리를 위해 부하들이 앞장섰다.

수동이 아닌 능동적 행동.

엄연히 조직폭력배 집단임에도 불구하고 완벽한 기업체로서의 모습을 갖추고 운영되는 사철파.

회사원들처럼 정해진 급여와 직책이 주어졌다.

가족이나 주변 사람들에게 떳떳하게 얼굴을 들고 살 수 있도록 이영식이 배려한 시스템이었다.

그렇다고 물주먹들은 아니었다.

사철파 행동대원들 중 정예로 분류되어 관리되는 조직원들.

그 수가 많지는 않았다.

약 100여 명 정도 되는 행동대원이 궂은일은 거의 도맡아 처리했다.

누가 시키지 않아도 알아서 움직이는 행동대원들.

해가 될 만한 것들을 살펴 견제하고 처리하는 등의 일을 한다.

"김 부장, 자네가 올해로 내 밑에 몇 년째 있게 되지?"

조직들의 동향 보고서를 내려놓으며 이영식이 입을 열었
다.

직속 비서실의 김 부장을 바라보는 이영식의 시선이 따
듯하다.

"회장님을 모신 지 13년째입니다."

IMF 때 망하기 일보직전에 처한 부친의 회사를 기사회생
시켜 주었던 이영식에게 감동한 나머지 이영식 밑으로 들
어온 김 부장.

처음 마주했던 김 부장은 큰 키에 깔끔한 인상이 어디 내
놓아도 빠지지 않을 훈남이었다.

올해 삼십대 후반에 접어드는 나이였지만 이영식이 자신
의 뒤를 이을 재목으로 여길 만큼 신뢰를 갖고 있었다.

어디로 보나 강남 거대 조직 사철파를 관리하고 있는 조
직원의 느낌은 전혀 없는 인물이다.

해외 유학까지 다녀온 엘리트 인재로 이영식의 바통을
받아 사철파를 맡는 것에 이견이 있을 수 없었다.

"벌써 그렇게 됐나? 하하, 세월이 빠르긴 빠르군. 어째
나만 늙는 것 같군."

나름 중요한 사건이라고 생각한 김 부장.

그런 김 부장과는 달리 가볍게 웃으며 농담까지 섞고 있는 이영식 회장.

여유가 묻어나고 있다.

늘 사람 좋은 웃음을 입가에 달고 사는 이영식 회장.

이런 그를 누구도 대한민국 조폭 서열 1, 2위를 다투는 조직의 두목으로 보지 않았다.

"회장님, 골란고원처럼 강민이란 녀석이 조직들의 화약고가 되었습니다."

문제의 심각성을 간과하는 듯한 이영식 회장을 향해 김 부장은 살짝 다급한 마음이 들었다.

"강남을 노리고 있던 인천의 달수파, 강동파, 다산파 놈들까지 그 녀석을 향해 자존심을 드러냈습니다. 또 미행에 붙인 애들 말로는 정체를 알 수 없는 중국인들까지 녀석 주변을 맴돌고 있다고 합니다."

평소 이영식 회장의 성품을 잘 알고 있는 김 부장은 이런 사건이 터질 때마다 밤잠을 설쳤다.

사람 좋기로 말하면 절대 이 바닥에 어울리지 않는 이영식 회장.

웬만해서는 주먹을 쓰지 않으려고 했다.

이미 보유하고 있는 자금과 인맥만으로도 충분히 조폭 세계를 일통할 수도 있었다.

물론 현재 자리에도 만족한 사람이 이영식 회장이다.

자처해 사철파에 들어오겠다는 조직들도 거절하는 수준이다.

다른 조직들은 이해 불가능한 이 회장의 행동.

지금도 다르지 않았다.

조직들이 준동하고 있는 이때 넓게 펼쳐진 그물처럼 단단한 인맥을 쓰면 일이 쉬워졌다.

검찰총장과 경찰 수뇌부들, 그리고 몇몇 기자에게만 이 사건의 핵심 내용을 던져줘도 각 조직들의 힘을 빼놓는 것은 일도 아니다.

그러나 겉으로 보이는 모습은 부드럽게.

그리고 속은 그 어떤 때보다 강경한 입장을 취하고 있는 이영식 회장.

"허허, 김 부장. 급할수록 돌아가라는 말 잊었나. 왜 그렇게 급하게 일을 처리하려고 하나."

이영식 회장은 주먹보다는 우선 말로 해결을 해야 한다는 입장이다.

어떤 사건 앞에서도 변하지 않았던 일관된 태도.

"회장님, 전 아직도 이해가 되지 않습니다. 전국 조직을 일통할 수 있는 힘이 분명히 있으면서도 왜 움직이지 않으십니까?"

강민에 관한 보고서에도 이 같은 반응이 나오자 김 부장의 얼굴이 붉게 달아올랐다.

그리고 뜨거운 목소리로 살짝 불만을 토로했다.

이영식 회장이 다른 때 같지 않게 흥분하는 김 부장을 바라보았다.

"자네는 정말 조직을 일통하면 다른 조직들은 알아서 와해될 거라고 믿는가? 아니, 앞서 내가 조직을 일통할 수 있을 거라 생각하는 건가?"

김 부장의 턱이 우지끈 한 번 출렁였다.

"제 짧은 소견으로는 그렇습니다. 충분히 가능하다고 여겨집니다. 이미 회장님 밑으로 들어오겠다고 연통이 온 조직만도 수 군데입니다. 그들과 정치권, 그리고 약간의 언론 플레이를 이용한다면 1년이면 충분할 겁니다."

평소 김 부장이 그려오던 시나리오였다.

이 회장 정도면 각계각층의 인맥만 얹어 간다 해도 전국 조직의 일통은 수월할 것이다.

"젊어서 좋군."

"네?"

"하하하, 자네의 젊음이 부러울 뿐일세. 한때 나도 자네만큼이나 열혈이었지."

이영식 회장은 한쪽 다리를 꼬며 등을 기대앉았다.

"하지만 나이가 들면 알게 되네. 뭐든지 도가 지나치면 아니한 만 못한 법이라는 것을 말일세."

"회장님, 도가 지나치다니요! 조직들을 흡수하는 것만이 고통받는 사람들을 위하는 일일 것입니다. 아직도 과거 조직들과 같은 일을 하는 기생충 같은 자들입니다."

이영식 회장의 도인 같은 소리에 김 부장의 언성이 높아졌다.

"김 부장! 그럼 우리는 뭔가?"

전혀 감정을 싣지 않은 이영식 회장의 낮고 묵직한 물음.

"……."

"다른 사람들 보는 눈이 바로 김 부장의 눈과 다르지 않네. 그들 눈에 우리 역시 똑같은 기생충들일 뿐이야."

"그건 아닙니다! 회장님이 어떤 분이신데 감히 누가 그런 망발을 뱉겠습니까!"

이영식 회장에 관한 한 깊이를 잴 수 없는 존경심을 갖고 있는 김 부장.

이 회장의 말에 얼굴이 붉어졌다.

김기호 이름 석 자를 걸고 이영식 회장을 부친 못지않게 섬기고 있었다.

"그건 자네의 고마운 마음이고. 그 눈만큼 다른 사람들의 시선은 냉혹한 법일세. 내 자네 나이 때 왜 그런 생각을 품어보지 않았겠나? 전국 대형 조직을 일통하고 함부로 주먹질을 해대는 놈들을 쓸어버리자 했었지. 하하하하."

십수 년 전의 자신을 회상하며 웃는 이 회장.

"아직도 늦지 않았습니다. 회장님께서 결심만 하신다면……."

김 부장은 이 회장의 낯빛을 살피며 말을 이었다.

"곧장 추진하겠습니다. 쓰레기 같은 놈들을 모조리 소각장으로 쓸어 넣어 버리겠습니다!

김기호의 부친이 바로 그 쓰레기 같은 놈들에게 된통 당한 적이 있었다.

IMF 때 급하게 사채를 쓴 일로 말이다.

이때다 싶어 돈 몇 푼 빌려주고 수백억대 매출을 올리고 있던 회사를 한입에 집어 삼키려 했던 자들이었다.

한 달에 무려 100프로의 이자가 붙었다.

법도 소용없는 세계.

경찰에 신고해도 소용없었다.

그들이 자리를 뜨면 집안으로 몰려들어 집기를 부수고 여동생의 앞날을 운운하며 협박을 일삼던 잔인한 족속들.

이영식 회장이 아니었다면 김기호의 가족들은 모두 흩어져 사람 구실도 하지 못한 채 살고 있었을 것이다.

"불가능해."

"회, 회장님······."

역시 이번에도 김 부장의 설득은 소용이 없었다.

매번 열을 올리며 상황을 추진해 보려고 애쓰지만 항상 제자리였다.

"빛이 있으면 어둠이 있는 법이네. 그건 이치이지. 눈에 보이는 몇 놈 처리했다고 독버섯처럼 번식력 강한 자들이 사라질 거라고 생각하는 것은 어린애 같은 발상이네. 자네는 몇이나 믿을 수 있겠는가."

이 정도 되면 이 회장을 설득할 수 없다는 것을 김 부장은 잘 알고 있었다.

말만 길어질 뿐 다시 처음으로 돌아가는 것이다.

"그래도 잠깐의 평화라도 누릴 수 있지 않겠습니까."

김기호 역시 이 회장의 말이 틀리지 않다는 것쯤은 잘 알고 있다.

하지만 백 번 찍어 넘어가지 않는다면 수백 번, 수천 번도 같은 자리를 찍을 의향이 있었다.

김기호에게 이 회장을 설득하는 일은 거대한 나무를 찍는 일과 같았다.

"하하하, 김 부장 자네. 똑똑한 줄 알았더니 그것이 아니었네그려. 어린아이 같지 않나!"

"······."

이영식 회장이 김 부장을 신뢰하는 것 역시 이런 점 때문이기도 했다.

순수한 열정.

이 회장의 가벼운 웃음에 김 부장은 입을 다물었다.

"김 부장, 그렇다고 사시미 들고 포 뜰 일은 없지 않은가. 잔챙이들 몇 없앴다고 달라질 게 없어. 샘물처럼 끊임없이 충원이 가능하니까 말일세. 진짜 치워야 할 것은……."

이영식 회장은 김 부장의 눈을 바라보았다.

"법을 울타리 삼아 제 탐욕을 채우느라 그럴싸한 명분들을 앞세우는 잘난 사람들이야. 정치로 나라를 팔고, 경제를 주무르고, 자기변명과 방어를 위해 언론을 통해 글나부랭이를 써내는 문화인들이라구. 그자들이 육신이 아니라 정신을 오염시키거든. 잘못된 정보와 사상을 알리는 데 앞장서지. 친일파들 저리 가라지."

낮고 조용하게 깔리는 이영식 회장의 음성.

그 음성에 은은하게 분노가 배어 있다.

"어떤가! 자네는 그들을 처리할 수 있을 것 같은가? 인류가 오늘에 이르기까지 박멸되지 않는 바퀴벌레 같은 존재들이지. 없앨 수 있는 존재들이 아니야."

이영식 회장이 내린 결론이다.

"…그래도 회장님, 이대로 있는다는 것이 제 스스로를 용서할 수가 없습니다."

"자네 뭔가 잘못 알고 있군. 왜 우리가 가만히 있다고 생각하는가. 가장 치열하게 싸우고 있는 전선의 선봉장이 할 소리인가?"

이영식 회장의 목소리에 힘이 들어가는 동시에 김 부장을 냉철하게 쳐다보았다.

"네? 제, 제가요?"

김 부장은 자세를 바로 세우며 이영식 회장의 눈을 똑바로 바라보았다.

"쯧쯧, 내 시간 날 때마다 말하지 않는가. 우리는 신들도 못하는 밀알을 세상에 심고 있다고 말이야. 우리가 피땀 흘려 소외된 이웃을 돌보는 것이 미래 사회의 조폭이나 불량한 자들을 줄이는 가장 큰 무기야. 모두 다는 아닐지라도 세상이 따뜻해지면 그만큼 사람들의 마음은 넉넉해지고 자연스럽게 흉악한 행위들은 고개를 숙이게 되어 있는 법이네."

"…회장님……."

김 부장은 다시 한 번 이영식 회장을 누가 꺾을 수 있겠는가 하는 생각을 했다.

"적당히, 라고 생각지 말게. 우리가 세력을 더 확장을 하면 자연스럽게 보호 장치가 돼 주던 정치인이나 언론으로

부터 공격을 받게 돼. 사람들 또한 순간 마음이 바뀌어 동지에서 적으로 바뀌는 걸 수없이 보았어. 특히 요즘같이 인터넷이 발달하는 세상에서는 조용히 음지에서 자기 할 일을 하고 사는 게 가장 현명한 것이야. 절대 고개를 들지 말게. 배고픈 자들이 김 부장이나 내 목을 베어내려 혈안이 되어 있으니……."

삶의 혜안이 묻어나는 이 회장의 당부.

김 부장은 고개를 숙였다.

아무리 깊게 생각하고 입을 열어도 발뒤꿈치도 쫓아갈 수 없는 거인의 발자국.

또 한 번 이 회장 앞에 무릎을 꿇을 수밖에 없었다.

"자네가 강 부장한테 연락을 넣어둬. 적당한 선에서 강민이란 친구의 뒤를 봐주라고 말이야."

"아, 알겠습니다."

김 부장은 전혀 생각지 못한 이 회장의 지시에 심장이 멎는 느낌이 들었다.

같은 상황에서 전혀 다른 처방을 내리고 있는 것이다.

"내가 따로 알아봤네. 아주 건강한 학생이었네. 정신도 몸도 말일세. 그런 인재들이 더 커나갈 수 있어야 대한민국도 발전하는 법. 우리 같은 사람들은 조용히 그런 인재들을 돕는 게 최선이야. 세상을 선도해 가는 것은 언제나 삶에 배고픈 영웅들 몫이지."

사철파 영업 파트를 담당하는 강 부장.

조직의 대표 행동대장이다.

"이번 정권에는 경기가 좀 나아지려는가. 물가가 올라도 너무 오르고 있어."

시선을 창가로 돌리며 이영식 회장이 말을 흘렸다.

그 모습을 김 부장은 가만히 바라보았다.

어느 구석을 봐도 대조직의 보스라고는 전혀 생각할 수 없을 만큼의 온화한 성품.

조직의 보스라는 직함을 달고 있었지만 영혼만은 그 어느 누구보다 아름다운 이영식 회장이었다.

카아아앙!

쇄애애애애애애애앳.

퍼억!

'이 맛에 골프를 시작했다가 결국 중독이 되는 거야.'

하루의 일과가 모두 끝난 한국 고등학교.

어느새 시간은 밤 11시를 향하고 있었다.

마지막까지 체력 단련을 하던 축구부원들의 힘찬 기합 소리도 사라진 고요한 교정.

내가 휘두르는 골프채를 맞은 골프공이 연신 비명을 질

렸다.

소음으로 들릴 만하지만 전혀 그렇지 않았다.

교묘한 건물들 배치로 기숙사까지 직접 소음이 전달되는 걸 차단했다.

"누구 머리에서 나왔는지 모르지만… 학교 정말 끝장나게 지었단 말이야."

보통 건축사의 작품이 아닌 것만은 확실하다.

적어도 도사 급 정도의 인물이 도움을 준 게 아닐까.

천지간의 이치에 어긋남이 없고 오행의 기운을 적절하게 조화시켰다.

기운의 조화를 건물로 그대로 옮겨놓아 볼 때마다 감탄이 절로 나왔다.

나의 실력과 깊이로는 따라갈 수 없는 깊은 지혜가 담겨 있었다.

저녁부터 약 300개의 공을 날렸다.

대부분의 골프부원들이 개인 레슨을 받고 있는 상황.

정규수업을 마치고 잠깐 연습한 뒤 저녁 시간에는 모두 학교를 빠져나갔다.

부족할 것 없이 사는 아이들이 태반.

그런 아이들은 굳이 학교에서 급식을 하지 않았다.

안면이 있는 축구부나 야구부원들도 학교 급식실에서 저

녁을 함께하는 경우는 없다.

　운동을 막 하고 난 뒤의 운동선수들만을 위한 고단백 식
단 위주로 제공되는 식당이 따로 있기 때문.

　그러다 보니 저녁은 매번 혼자인 경우가 많다.

　같은 반 아이들 중 기숙사에 몇 명이 머물고 있었지만 저
녁을 함께 먹을 정도로 친하지는 않았다.

　모르는 사람이 보면 왕따 분위기지만 외롭거나 억울하지
는 않다.

　한국 고등학교 학생 신분이 되었다고 단번에 인생이 풀
릴 거라고 생각하지는 않는다.

　특히 요즘 세상은 사 자가 들어가는 사회적 신분을 갖춰
도 살기 힘든 건 마찬가지.

　고학력 인플레 시대가 아니겠는가.

　남들보다 몇 배는 더한 노력을 해야 사회적 부와 명성을
함께 누릴 수 있다.

　이러한 사회적 풍토 덕에 아이들도 병들고 있다.

　쉬는 시간은 물론 밥을 먹을 때도 손에서 책을 놓지 못하
는 아이들이 대다수다.

　더러 몇몇은 찐하게 청춘 계획을 획책하는 아이들도 드
물게는 있다.

　그런 아이들 속에 내가 있다.

나에게는 그들과 달리 남는 게 시간.

또 골프를 인생의 목표로 삼은 이상 훈련을 게을리하지 않았다.

물론 골프채를 휘두르지 않아도 충분히 훈련은 가능했다.

선천태극오행기공의 공능으로 이미지 트레이닝을 현실에서처럼 펼칠 수 있는 나.

그럼에도 손에서 골프채를 놓는 일은 거의 없다.

3년의 산중 고행 끝에 터득한 신체의 만능 적응화.

고독 따위는 개 풀 뜯어먹는 일.

혼자 노는 일에는 이골이 난 상태.

시간을 어떻게 보내는 것이 가장 효율적인가를 너무 잘 알고 있었다.

지금도 골프채를 휘두르며 며칠 동안 스캔해 놓은 미국과 유럽 등지의 그린들을 떠올리며 스윙을 했다.

이미 오래전부터 혼자서도 잘해의 비법을 100프로 획득한 나.

양 도사는 인정하지 않을지 모르지만 설악산에서 대성해 이제 더 배울 게 없어 스스로 하산한 것이다.

비록 수십 년 동안 극한의 마공을 연공한 양 도사에는 미치지 못한다.

하지만 세상 사는 데는 전혀 빠지지 않았다.

"잘 살고 계시겠지? 요즘따라 가끔 꿈에 비치는 것이 혹 우화등선이라도 하셨나……."

설악산을 떠나온 지 몇 달.

하지만 나 없이는 하루도 살 수 없을 만큼 게으름 신공을 극도로 터득했던 양 도사였다.

요 얼마 동안 꿈에 모습을 보였다.

새하얀 부채를 흔들며 허공을 날아 나에게 다가왔다.

누런 이를 드러내며 씨익 하고 환하게 웃음을 지으셨다.

그 표정은 아무리 정을 주고 싶어도 줄 수 없는 나에게 있어서는 트라우마로 남은 모습이다.

내리 3년 동안 비가 오나 눈이 오나 나의 입을 틀어막는 데 쓰던 양 도사의 한결같았던 표정.

꿈에서마저 폼을 보아하니 곧 우화등선을 코앞에 둔 듯한 예감이 들었다.

부채 하나 들고 하늘을 나는 모습이라면 그 가능성이 가장 컸다.

'스승님, 부디 천상왕생 하소서.'

불길한(?) 흉몽에 가까운 해단이 나옴으로 나는 애써 우화등선을 염하고 빌어주었다.

이생에 있어 못 다한 측은한 첫사랑.

부디 천상에 가서 옥황상제와 함께 뭇 아리따운 선녀들을 희롱하며 지내시기를 진심으로 바랐다.

인간 세상에 대한 미련은 떨구고 가뿐한 걸음으로 떠나시기를.

그리고 선몽으로 로또 번호 딱 여섯 자리만 점지해 준다면 그간에 당했던 고초를 다 깔끔하게 청산할 마음도 있었다.

휘이이이이잉.

"아~ 시원하네~"

밤낮의 기온차가 폭이 컸다.

낮에는 꽤 더웠지만 아직 장마철이 아닌 관계로 습도는 적당해 저녁 바람이 꽤 상쾌했다.

활동하기 더욱 좋은 시간.

간간이 시원하게 땀을 식히며 불어오는 바람을 맞으며 조용히 하루를 마무리했다.

"세월 참 빨라……."

창살만 없지 사육장과 다를 바 없었던 설악산 너와집에서 탈출한 지난 반년의 시간.

학교생활과 장씨 패밀리를 비롯해 여러 여인들과의 일들.

그리고 본의 아니게 엮인 사건사고들을 겪다 보니 여기

까지 와 있었다.

절대 평범한 일상이라고 말할 수만은 없는 시간들이었다.

게다가 보통 사람들은 한 번 엮이기도 힘든 조직폭력배들과의 일.

더구나 나를 죽이겠다고 덤빈 살수들.

좋은 사람들도 많이 만났지만 그렇지 않은 사람들과도 많이 만났다.

"조용히 살다 갈 테니까. 나 PGA에 갈 때까지만 제발 건들지 마라~"

그 사건들 이후 오늘 이 시간까지 긴장감을 놓아본 적이 없다.

그나마 학교 울타리 안에서의 생활.

생활공간을 학교 내로 한정시켜 다행이지 날카로운 기운들이 사방에 포진해 있음을 느낄 수 있었다.

잠시라도 한눈을 팔았다가는 언제 목에 비수를 들이댈지 예상할 수 없었다.

촉각을 곤두세우고 경계했지만 오로지 접촉이 없기만을 소망했다.

긴장감이 최고조에 달한 만큼 나를 노리는 자들의 살기도 만만치는 않을 터였다.

모르긴 몰라도 이번에 붙게 되면 제대로 피를 보게 될 게 뻔했다.

또각 또각 또각.

"엥?"

멀리 어둠이 깔린 곳에서부터 들려오는 경쾌한 구두 발걸음 소리.

내가 있는 곳을 향해 다가오고 있다.

학교 치안이야 안전하게 확보되어 있었지만 야심한 시각인 만큼 여학생들은 본능적으로 활동을 꺼렸다.

더구나 골프 연습장은 타격음 때문에 학교에서도 가장 외진 곳에 위치해 있다.

이 시각에 이곳을 찾을 사람, 특히 여자는 없다.

'낯선 향기다.'

사냥개 정도는 아니었지만 발달된 오감 덕에 나는 미세한 향기도 구분할 수 있는 능력을 갖고 있다.

선천태극오행기공의 수련으로 터득하게 된 오감의 민감함과 정신력 상승.

그런 나에게 평소 맡아 보지 못한 향기는 개코에 느껴지는 것만큼이나 진하게 다가왔다.

'이 향기는… 소나무향.'

일반적으로 흔하게 쓰는 향이 아닌 은은한 소나무향.

대개 절이나 신당 등에서 자주 쓰는 향 내음이다.

잔잔하게 몸을 낮춘 바람을 타고 내 코에 스며들었다.

그 향기를 구두 소리를 내며 한 여인이 몰고 오고 있는 것이다.

낯선 여인의 향기.

스스스스.

갑자기 감각들이 파바박 깨어나며 온몸에 털이 곤두섰다.

'살기!'

이제는 제법 익숙해져 버린 인간을 향한 인간의 살인 기세.

'이것들이 미쳤나!'

확 머리끝까지 분노가 치밀었다.

다른 곳도 아니고 학생들이 공부하는 신성한 학교.

나 한 사람을 노리는 데 다른 아이들의 안전까지 위협한다는 것은 용서의 차원을 넘어서는 일이다.

또각 또각 또각 또각.

규칙적으로 들려오면서 더욱 가까워져 오는 하이힐 또각거리는 소리.

그러고 보니 여학생들이 신고 다니는 학생 구두 발걸음 소리와 달랐다.

여 선생님들이 신고 다니는 구두에서나 나던 날카로우면서 경쾌한 소음이 조용한 연습장에 퍼졌다.

스윽.

'살기가 날카롭다.'

평범한 놈, 아니 여자가 아니다.

묵직하고 둔중한 살기보다 더 두려운 게 바로 날카로운 기운의 살기.

그것도 바늘 끝을 연상시키는 예리한 기운이다.

'고수다……'

지금껏 만났던 적수들 중에 가장 강한 살기다.

또각.

'왔다!'

전혀 살기를 감추지 않고 무식하게 돌진하며 나를 향해 다가오고 있다.

'헐, 학생?'

놀랍게도 살기를 뿌리던 여자의 모습이 드러났다.

짧은 스커트의 한국 고등학교 교복 차림을 한 여학생이었다.

휘이이이잉.

사라라라락.

긴 생머리가 살짝 불어온 바람에 너울너울 날렸다.

'오오오!'

연습장 내 전등 아래 모습을 보인 여인, 아니 소녀의 모습.

환장할 만큼 예뻤다.

키는 그렇게 크지 않았다.

유예린보다 살짝 더 큰 정도.

하지만 몸매 비율이 확연히 달랐다.

한국 고등학교 여학생 교복이 이렇게까지 섹시한 연출이 가능할 거라고 상상해 보지 않았다.

다만 단비가 입었을 때 눈을 뗄 수 없을 만큼 예뻐 보였던 때를 제외하곤 말이다.

그도 그럴 것이 동복이 아닌 하복.

아주 연한 황토색의 짧은 스커트에 아이보리색 반팔 셔츠.

타이트하게 몸에 붙은 교복 때문에 탄력적으로 드러난 소녀의 몸매.

일단 다리가 길었다.

단신임에도 불구하고 전체적 비율이 절대 짧아 보이지 않았다.

게다가 한눈에 봐도 보기 좋게 발달한 바스트.

여기서부터 예린이와는 차이가 분명하게 드러났다.

절벽에 가까운 예린이가 봤다면 부러워서 눈물을 흘렸을 정도로 훌륭했다.

'피부… 뽀얗고…….'

소녀와의 거리는 약 20여 미터.

입가에 배시시 환한 미소를 지으며 웃는 소녀.

그때 드러난 귀여운 덧니 두 개.

새하얀 피부, 긴 머리, 작지만 완벽한 팔등신 몸매.

위기의 순간임에 분명한데 이 시점에서도 남자의 본능은 겁을 내지 않았다.

'저렇게 귀여운 애가 학교에 있었나?'

분명 멀리서 봐도 처음 본 얼굴의 여학생이었다.

지난 반년 동안 학교를 다니며 보았던 여학생들 얼굴을 떠올려 봤지만 리스트에는 없다.

우리 학교 교복을 입긴 했지만 뭔가 어울리지 않는다는 느낌이 들었다.

동네 깻잎 소녀도 아니고 한국 고등학교 여학생들은 저 정도 꽉 조이는 교복을 입지는 않았던 것이다.

평소 저런 차림이라면 진작 학교 내에 소문이 퍼졌거나 눈에 띄었어야 했다.

더군다나 전체적으로 풍기는 기운이 장난 아니다.

절대 한국 고등학교 학생이었다면 이미 내가 접수했을

정도의 기운이다.

방긋.

'엥?'

점점 가까워지면서도 지우지 않던 입가의 미소.

이제는 정확하게 나를 향해 방긋 친근한 웃음을 날렸다.

거의 추파를 던지는 수준이다.

잘못 보면 애인에게 애교를 던지는 것으로 오해할 정도
다.

"누~ 구세요?"

참 심플하고 간단한 질문.

명찰도 보이지 않고 그래서 선배인지 동기인지 알 수 없
었다.

"하지메 마시떼."

"헛!"

나의 물음에 지극히 공손하게 고개를 숙이며 인사를 해
왔다.

그런데 문제는 본토인이 분명한 일본식 발음이라는 것.

"일본인이세요?"

"네! 미요코입니다."

나 역시 자연스럽게 일본어로 묻자 입가의 미소를 더욱
선명하게 지으며 이름을 밝혀왔다.

웃는 모습이 꽤 귀엽다는 생각이 들었다.

"그런데 이 시간에 무슨 일로 여기에……? 우리 학교 학생은 아닌 것 같은데……."

방긋.

목적을 두지 않고 이 늦은 밤에 골프 연습장을 찾았을 리만무했다.

일본 땅까지 아직은 나의 명성이(?) 알려지지 않은 것은 나도 아는 일.

이 정체 모를 니뽄 국적 소녀에 대한 의심은 점점 더해갔다.

그렇다고 팬이라고 하기엔 포스가 남다른 여학생.

"청탁을 받고 찾아왔습니다."

"청탁? 누가요?"

반짝.

'저, 저건!'

그때 눈에 들어온 소녀가 등 뒤에 맨 물건.

'검! 그것도 쌍검!'

무슨 일본 만화 주인공이 튀어나온 것도 아니고 이건 묘한 분위기가 연출되고 있었다.

늦은 밤 학교에 나타난 섹시한 교복 차림의 검을 맨 미요코라는 소녀.

황당한 상황이다.

"강민 상을 처리하라는 일월문 문주님의 지시가 있었습니다."

'처, 처리!'

어깨너머로 보이는 쌍검과 처리라는 말이 짝이 이루며 나의 머리를 한 대 후려갈기는 듯했다.

'그럼 지금 나를 처리하러 왔다는 말이야? 저 쌍검으로?'

물론 사시미로 포 뜨는 기술이야 세계적으로 이름을 떨친 나라인 것은 익히 알고 있다.

하지만 이 야밤에 연습장까지 찾아들어 쌍검으로 나를 처리하겠다니.

그것도 아무렇지 않은 표정으로 겸양을 떨며 말하는 소녀.

'미친 게 확실하군.'

이 정도 되면 제정신이 아닌 것은 확인된 상황.

그렇다고 말하는 거나 눈빛을 보아서는 또 완전히 뺑 돈 것도 아닌 니뽄 소녀 살수.

'서, 설마……!'

나는 갑자기 머릿속이 하얘지는 것이 불길했다.

순간 뇌리에 확 꽂히는 한 단어.

"혹시, 너 님 닌자세요?"

제2장
하늘이시여!
이건 아니잖아요!

"어서 오십시오. 이렇게 찾아주심에 감개무량합니다!"

"어렵게 모셨습니다. 귀한 분이시니 각별히 예를 갖추세요."

"두말하면 무엇하겠습니까. 어서 어서들 들어오십시오. 거하게 주안상을 차려 두었습니다."

"아니 주안상이라니요? 70년간이나 도를 닦으신 큰도사님께 그런 망측한 말을……."

"허어~ 최 도사, 산 밑에 왔으면 산 밑 법을 따르는 것도 도일세~ 그만하게!"

"하이고, 도사님들. 화, 황송합니다!"

강남 요지에 터를 잡은 넓은 500평대의 대지.

그 자리에 보기 좋게 들어앉은 건평 200평 남짓 되는 2층 대저택.

그리고 저택 대문 앞.

대저택을 삥 둘러싼 5미터에 육박한 담장이 단 한 번 뚝 끊기는 자리.

500평이나 되는 대지를 밟기 위해 들어갈 수 있는 유일한 통로다.

담장 위로 철제 가시망이 둘러쳐져 있고 사방에 CCTV 수십 대가 설치돼 삼엄함이 느껴졌다.

이제 막 차에서 내린 선풍도골의 신선 같은 모습의 양 도사.

그리고 청색 도복 차림의 최 도사.

거의 오래된 벽화에서 막 빠져나온 듯한 몰골이 산속 산신각 속에 모셔져 있었을 법한 신장들 같다.

두 도인의 표정이 굳어지는 것을 보고 안절부절하는 대저택의 주인장.

웬만해서는 그 어떤 누구 앞에서도 고개를 숙이지 않았던 김대철 사장이 연신 머리를 조아렸다.

눈앞에 있는 자들이 부와 권력으로 엮인 사람이라면 김

대철은 굽실거리지 않아도 됐을 것이다.

하지만 다른 일도 아니고 귀한 자식의 앞날이 걸린 일.

눈에 넣어도 아프지 않을 막내아들을 고치기 위해 모셔온 도사들이었다.

국내의 내로라하는 최고 의료진들이 몰려 있다는 병원뿐만 아니라 굴지의 한의사들, 외국에서 초빙해 온 저명한 치료사들까지 고개를 절레절레 흔들며 떠나갔다.

다시 아들을 얻자고 할 수 있는 나이도 아니었다.

김대철 사장은 몇 년 전 정자불활성화 판정을 받아 손을 볼 수도 없었다.

그 이후 더욱 더 막내아들에게 희망을 걸었었다.

큰아들과는 비교할 수 없을 만큼 눈치가 빨랐고 머리 돌아가는 회전도 남달랐다.

누가 봐도 크게 대성할 놈이라는 것은 의심의 여지가 없었다.

물론 김대철 사장은 후계자감으로 막내아들을 생각하고 있었던 참이다.

"집터에 살기가 가득해…… 쯧쯧."

인상을 굳힌 채 묵묵하게 뒷짐을 지고 서 있던 설악산에서 내려온 큰도사가 입을 열었다.

"도, 도사님, 살기라니요?"

김대철은 대문을 넘지도 않은 상황에서 입을 연 최 도사가 모셔온 큰도사를 불안한 눈빛으로 바라보며 물었다.

요즘 들어 되는 일 없이 일이 배배꼬이고 있는 상황.

큰도사의 한마디에 심장이 벌렁거리고 불안함이 불시에 몰려들었다.

계룡산 최 도사와 연줄을 대기 위해서도 많은 인맥을 동원했다.

또한 최 도사를 통해 설악산 큰도사를 모셔오기 위해서 또 그간 터놓은 인맥을 총동원한 상황.

최 도사 선에서 해결할 수 있었다면 좋았겠지만 그렇지 못했다.

설악산 큰도사를 모셔야 한다면 책임지고 나서보겠다고 했던 최 도사.

최 도사 역시 대한민국에서 잘나가는 최고 인물이었다.

신장의 기운을 가장 잘 활용한다는 영험한 도사다.

웬만해서는 사람들을 만나지도 않았다.

그런 최 도사가 인정하는 설악산 큰도사.

눈에 보이는 풍채도 남달랐다.

키는 그렇게 크지 않은데 온몸에서 줄기차게 뿜어져 나오는 은은한 밝은 광채.

눈에서 일으키는 착시 현상일 수도 있겠으나 분명 최 도사에게서는 그 빛이 보이지 않고 있었다.

일전에 최 도사가 설악산 큰도사님은 신선과 같다 하더니 정녕 김대철의 눈에도 그리 보였다.

대문 밖에서 대저택을 바라보는 큰도사에 대한 존경심이 김대철의 마음에 절로 일었다.

"본인 스스로가 잘 알고 있을 터인데……."

"그게 무슨 말씀이신지……."

허리를 약간 숙인 채 큰도사의 말을 듣고 있던 김대철이 의구심 가득한 눈빛으로 큰도사를 올려다보았다.

"모르면 됐어! 어차피 자기가 쌓은 업은 이자까지 쳐서 언젠가 다시 돌아오게 되는 게 하늘이 정한 법칙이지."

휘적휘적.

멀뚱히 바라보는 김대철 사장을 쳐다보더니 큰도사는 허공에 대고 말을 흘렸다.

그리고 그간 비워 두었던 집에 돌아온 사람처럼 거침없이 대문을 넘는 큰도사.

마치 김대철의 집에 방문한 손님이 아닌 주인장 같은 기세를 보였다.

"양 도사님의 말씀을 새겨듣게. 눈으로 확인하니 내 말이 믿어지는가? 진짜 대단한 분일세."

어리둥절한 채 허리를 펴지 못하는 김대철의 등에 대고

최 도사가 말을 보탰다.

"일찍이 속세를 떠나 설악산에서 70년 넘게 수행을 하신 분일세. 보기에는 젊어 뵈시지만 올해 속세 연세로 100세가 넘으셨을 게야."

김대철 사장이 허리를 곧추세우며 두 눈을 크게 떴다.

"배, 백 세요?"

그리고 대문을 지나 디딤돌을 밟으며 안으로 들어서는 큰도사의 뒷모습을 바라보았다.

흰 수염을 나풀거리긴 했지만 피부 팽팽하기가 분명 자신보다 나이를 덜 먹었다 해도 믿을 정도였다.

김대철은 순간 설악산 공기와 물이 좋긴 좋구나 하는 생각을 했다.

그간 100세 장수를 꿈꾸어 오던 김대철은 최 도사의 말에 놀라움과 기쁨을 감출 수가 없었다.

"허허~ 쯧쯧쯧."

마당으로 들어서던 큰도사가 한숨을 내쉬었다.

뒤를 따라 들어가던 김대철의 눈빛에 불안감이 감돌았다.

"목신이 노할 대로 노하셨어~"

"도사님, 그 무슨……."

김대철은 큰도사 옆에 바짝 다가가며 다시 머리를 조아

렸다.

"쯧쯧, 무지한 중생이 이토록 말귀를 못 알아들으니 이 어찌 한심하지 않을 수 있겠는가."

"……."

김대철은 옆에 서 있는 최 도사에게 눈치를 보냈다.

하지만 최 도사 역시 두 눈을 지그시 감은 채 큰도사의 말에 귀를 기울이고 있었다.

"목신께서 말씀하시는구나~ 깊은 산중에서 수행을 하던 터였는데 한마디 고하는 말도 없이 뿌리를 옮겨왔다고. 네네~ 요즘 것들이 그렇게 싸가지가 없습죠. 네네."

큰도사는 마당 가운데 심어 놓은 소나무 앞에서 발걸음을 멈춘 채 알아들을 수 없는 말만 계속 되풀이하고 있었다.

김대철은 온몸에 한기가 서리는 듯 주변 공기가 차가워지는 것을 느꼈다.

"무릇 살아 있는 생명은 모든 존재를 불문하고 존중받아야 하거늘, 탁주 한 사발도 올리지 않고 예까지 터를 옮겼으니 이 어찌 통탄하지 않을 수 있겠는가~ 하이고 그러셨습니까. 네네, 고하겠습니다요. 제가 집주인 놈한테 크게 한상 차려 올리라고 전하겠습니다. 노여움 푸시고 일심으로 바라옵건대 터를 옮겨 수행 정진한다 생각하시고 굽어 살펴 주십시오~"

'지, 진짜 도사가 맞는 게야.'

분명 큰도사가 마주하고 선 소나무는 몇 년 전 지리산에서 업자를 통해 구입했다.

거금 1억 원을 주고 샀을 만큼 구입 당시에도 그 상품성이 남달랐던 낙락장송이다.

정원을 가장 보기 좋게 빛내고 있는 소나무.

그 소나무와 뭐라고 계속 대화를 하고 있는 설악산 큰도사.

눈에 보이는 모습은 도사였지만 소나무와 얘기하는 모습은 강남에 큰 법당을 차려놓고 점을 보는 박수무당에 가까웠다.

도사들도 박수무당이 하는 일들을 할 수 있는가 하는 생각이 들었지만 큰 죄를 짓는 듯하여 김대철은 머리를 흔들었다.

사업을 하다 보면 자주 만날 수밖에 없는 무당들.

그간 만나왔던 영험하다는 무당들도 지금과 같은 얘기를 한 사람은 아무도 없었다.

간간이 집으로 불러들이기도 했지만 단 한 번도 소나무 앞에서 걸음을 멈춘 이는 없었던 것이다.

그런 사람들에 비하면 설악산 큰도사는 거의 귀신같은

존재였다.

"주인장~!"

"넵!"

김대철을 부르는 양 도사의 간결하고 강한 목소리.

그 소리에 김대철은 자신도 모르게 이제 막 군에 입대한 신병처럼 자세를 잡으며 대답했다.

초긴장 상태를 보이고 있는 김대철.

십대 때나 느껴봤던 김대철 인생에 다시없을 순간이다.

"착실한 사람 몇 시켜서 시장 좀 봐 오라고 그래. 푹 삶은 돼지 머리 하나, 과일 다섯 가지, 나물 세 가지 해서 정성스럽게 한상 차려봐. 탁주도 준비하고."

김대철은 설악산에서 막 내려왔다는 양 도사의 말에 무한 신뢰감이 들었다.

이미 대문턱이 닳도록 드나들었던 수많은 무당이 단 한 번도 언급하지 않은 정원수를 딱 맞힌 일.

이것 하나만으로도 김대철이 품게 되는 희방은 이보다 더 한 것도 할 수 있는 열정을 일으켰다.

"그나마 목신을 집에 거하게 한 덕에 이나마도 살기가 준동 안 한 것이야. 제 수명 다 누리고 싶거든 알아서 모셔~"

"아, 알겠습니다."

김대철은 짐작도 못했던 상황에 살짝 당황스러웠다.

그간 김대철이 저질러온 일을 상상할 때 절대 눈으로 보고도 믿을 수 없는 태도.

하지만 큰도사의 포스 또한 여태 김대철이 겪어보지 못한 기운.

말 한마디에 기도 펴지 못하고 굽실거리고 있었다.

이 모습에 누가 감히 김대철을 강남 한복판에서 악행들을 저지르던 사람이라고 생각할 수 있겠는가.

"허어, 저건 묘지석이 아닌가?"

그때 큰도사가 또 뒤로 자빠질 만한 말을 내뱉었다.

"허헛!"

김대철은 외마디 비명 같은 소리를 토했다.

"저승으로 가는 문을 이렇게 활짝 열어 놓고 그동안 잘도 버텼구나!"

넓은 정원 한쪽에 세워 놓은 돌로 만든 정승.

그 앞에서 다시 한 번 걸음을 멈추고 한숨을 내쉬는 양도사.

큰도사의 말에 김대철은 순간 그 자리에 털썩 주저앉을 뻔했다.

"세상이 분명 미쳐 돌아가고 있는 게야. 저런 저승사자까지 집에 불러들여 놓고 뭐가 좋다고. 쯔쯔쯧⋯⋯."

잘나가는 도굴업자가 김대철에게 상납한 수백 년 된 돌 정승이다.

업자 말이 오래 두면 둘수록 보물급으로 그 값이 치솟는 다하여 잘 모셔두고 있었다.

그런데 그 돌 정승을 보고 큰도사가 저승사자라고 말하고 있는 것이다.

'으으으……'

김대철은 돼지처럼 생겼었던 도굴업자를 떠올리며 이를 갈았다.

하마터면 저승 문으로 들어갈 뻔했다는 말이 아니겠는 가.

"길흉화복이란 것은 본래 공평한 것. 다만 주어진 숙명을 어찌 받아들이느냐 하는 그 사람의 성품에 따라 인과응보 가 달라지는 것이거늘… 선재로다, 선재."

등을 보이고 서서 고개를 절레절레 젓는 큰도사.

김대철은 그 몸짓 하나하나에까지도 민감하게 반응하고 있었다.

양 도사는 인간 세상의 중생들을 생각하는 듯한 눈빛을 띠었다.

"김 사장! 뭘 하고 있는 겐가!"

그때 김대철 사장 옆쪽에 서서 따라오던 최 도사가 호통을 치듯 입을 열었다.

"어서 양 도사님께 청을 하게! 오늘 아니면 기회가 없어!! 김씨 가문을 위해 천지신명께 축원을 올리고 노여움을 달래 줄 것을 간청하란 말일세! 그리되면 어느 정도 액땜은 될 것이야."

"……??"

최 도사의 말뜻이 정확하게 무엇을 뜻하는지 접수가 되지 않는 김대철 사장.

갈수록 분위기는 요상해지고 있었다.

막내아들의 정체를 알 수 없는 병을 고치기 위해 최근 10억이라는 돈을 쏟아부었다.

그런데 부탁한 일은 언급도 하지 않고 얘기가 딴 곳으로 흐르고 있다.

설악산 큰도사의 말을 들어봐도 틀린 말은 없다.

최 도사는 치성을 준비하라고 한다.

괜한 부정을 탈까 싶은 묻고 싶지만 용기는 나지 않았다.

다만 이상하다는 생각이 스쳤다.

그때.

"저기는 뭐하는 곳인고? 저기서 강한 탁기가 느껴지는군. 저승사자가 문 앞에 있어. 쯧쯧쯧."

김대철은 양 도사가 바라보고 있는 곳을 향해 시선을 옮겼다.

막내아들의 방이 있는 2층.

큰도사는 혀를 끌끌 찼다.

"도사님!"

쿠웅!

바로 두 무릎을 꿇고 머리를 땅에 박는 천하의 김대철.

"살려주십시오!!! 불쌍한 제 아들 놈 목숨 좀 구해주십시오!"

머리를 쾅 하고 때리는 충격에 김대철은 무릎을 꿇었다.

냉혹한 사채업자에게 무릎을 꿇는 것은 일도 아니었다.

필요한 것만 얻을 수 있다면 목숨 빼고 모든 걸 내놓고 바꿀 수 있는 자세가 되어 있었다.

사람들이 가장 내세우는 자존심 따위는 진즉 갖다 버렸다.

가장 쓸모없는 것이 자존심.

세상에서 악의 끝을 본 김대철이다.

늘 이용할 가치가 있는 대상은 절대 놓치지 않고 마지막 단물까지 빨아먹는 인물.

지금 이 순간도 마찬가지다.

그간 접한 전국 방방곡곡의 내로라하는 영험한 무당들도 큰도사 앞에 무릎을 꿇어야 할 것이다.

한두 가지 신통방통한 능력을 보이고 있는 인물이 아니었다.

머리를 처박은 김대철.

그를 바라보는 큰도사.

그리고 최 도사.

씨익.

그때 양 도사의 입가에 희미한 미소가 살며시 피었다 사라졌다.

"흠… 하는 거 봐서."

"……??"

고개를 땅에 처박고 있다가 양 도사의 말에 의문의 시선으로 고개를 들고 바라보는 김대철.

"뭘 그리 보시는가? 천지를 감동시킬 수 있는 정성을 말함이 아닌가!"

옆에서 그 모습을 지켜보던 최 도사 김대철을 향해 일침을 놓았다.

"정성이라 함은……."

"정성이 따로 있겠는가. 요즘 같이 바쁜 세상에 목욕재계하고 100일 치성이라도 드릴 요량인가. 말귀를 그렇게나 못 알아들어서야……."

최 도사는 살짝 언질을 주었다.

그리고 양 도사의 귀에 들리지 않을 김대철의 귓가에 작은 소리로 살짝 말을 흘렸다.

"피땀 흘려 번 돈에 이미 정성이 담기는 것일세. 하늘도 감동하지 않을 수 없는 법이거늘."

양 도사는 걸음을 옮겨 돌 정승을 비켜 지나갔다.

"큼큼, 하계에 내려왔더니 풍진에 목이 마르는구나……."

그리고 살짝 최 도사와 김대철을 겨냥한 듯 한마디 뱉었다.

뒷짐을 진 채 걷는 모습이 영락없이 하늘에서 내려온 도인이 따로 없었다.

"뭐하시는가? 도사님께서 목이 마르다 하시지 않는가. 오늘은 급하니 주안상 마련한 곳으로 안내하게."

"네? 네! 알겠습니다."

최 도사의 말에 김대철은 스프링처럼 벌떡 자리에서 일어났다.

"자리는 참 좋군……. 한데 어째 주인들이 이.좋은 것을 못 다스리는지. 쯧쯧쯧."

계속 혀를 차며 주위를 둘러보는 양 도사.

계속해서 김대철을 무안하게 하고 있었다.

"자, 이쪽으로 오시지요. 제가 직접 안내하겠습니다."

안색의 변화도 없이 김대철이 앞장을 섰다.

이 정도 타박과 면박은 그의 인생에 있어 약과다.

그간 경험했던 수많은 극한 상황에 비하면 아무것도 아닌 것이다.

돈을 갚지 못한 채무자들의 가족을 갈가리 찢어 섬에 팔아먹을 때 그들이 퍼붓던 저주.

눈앞에서 피눈물을 흘리며 죽어 나자빠지면서 삼대의 저주.

적어도 세상에 천 명 정도는 족히 김대철을 씹어 먹지 못해 안달이 났을 것이다.

'지켜보면 알게 되겠지.'

앞장서 걸으며 김대철은 속으로 되뇌었다.

어떤 상황에서도 의심을 걷지 않는 김대철.

그것이 지금의 김대철이 누리는 모든 삶을 만들었다고 해도 과언이 아니었다.

당장 필요하면 움직일 수 있는 애들이 넷씩이나 대기 중이다.

가장 쓸 만한 애들이다.

연락을 넣어 집으로 오고 있는 다산파 행동대원이 적어도 10여 명.

막내아들을 고치기 전에는 어차피 도사들도 이 집에서

걸어서 나갈 수 없다.

걸치고 있는 것들을 모두 빼앗고 마대 자루에 넣어 한강 물에 처넣어 버릴 테니까 말이다.

"쓰미마생~!"

귓가에 들려오는 죄송하다는 친절한 일본어.

나는 신분을 물었을 뿐이었다.

하지만 고개를 팍 숙이는 미요코라는 여인.

휘이이이익.

퍼어어엉!

'헐!'

그리고 고개를 들면서 손에 들고 있던 무엇인가를 바닥에 내던졌다.

펑 하는 소리와 함께 뿌옇게 일어나는 연기.

'사, 사라졌다!'

얼마 관악산 새벽 산행에서 나를 치기 위해 쫓아왔던 비월의 살수.

그리고 이어 일월문 어쩌고 하며 야간 연습 시간을 틈타 나를 치러 왔다는 닌자의 등장.

고작 설악산에서 하산한 지 반년.

착하게 살고자 세상에 나왔지만 어느새 국제적 살수들의

타깃이 되어 있었다.

퍼어엉! 펑!

파아앗.

그때 갑자기 들려오는 폭발음.

동시에 찾아온 짙은 암흑.

변압기가 폭발한 것이다.

학교에 공급되는 모든 전기가 차단되었다.

'위험하다!'

오늘은 달도 뜨지 않은 그믐밤.

위치는 서울 중심부였지만 산에 인접한 학교.

학교 입지의 특성상 전기가 나가자 학교는 순식간에 어둠에 휩싸였다.

"꺄아아악!"

"뭐, 뭐야!"

"불 좀 켜주세요!"

아니나 다를까, 학교 안이 온통 비명 소리와 소란으로 시끄러워졌다.

어수선한 분위기.

'감히 신성한 학교에서!'

화가 치밀어 올랐다.

학교는 누가 뭐라 해도 교육현장.

신성한 교육의 장까지 침범해 들어와 학생들의 쉼터와 배움터를 소란스럽게 하고 있다.'

분노가 화르르 피어올랐다.

나야 그렇다 치지만 용납할 수 없는 일.

살수들이 학교에까지 침범해 들어왔다는 것은 나 아닌 다른 학생들에게까지 위해가 될 수 있다는 의미.

챙!

'머리!'

갑자기 들려오는 경쾌한 소음.

기척도 없이 날아와 머리 위에서 쌍칼을 휘두르는 닌자 미요코.

쇄앳!

짧고도 강렬한 섬광 두 줄기.

휘리리리링.

영화의 한 장면에서처럼 풍차마냥 날아서 다가오는 검들.

살인 따위는 아무렇지 않은 듯 단숨에 내 머리통을 향해 직각으로 떨어져 내렸다.

쉬잉!

가만히 눈 뜨고 당할 수는 없는 법.

급한 대로 손에 들고 있던 드라이버 채를 이용하기로

했다.

일단 내공을 담아 검을 향해 힘껏 휘둘렀다.

카아아아앙! 캉!

경쾌한 쇳소리.

'흡!'

놀랍게도 내공이 담겨 있는 골프채에서 느껴지는 강한 반발력.

순식간에 어두워지는 바람에 잠시 시야를 확보하기가 힘들었던 것은 사실이다.

하지만 설악산 그 깊은 산중에서도 간 크게 밤마실을 다니던 나였다.

이런 상황쯤 전혀 문제가 되지 않는다.

다만 세상에 나와 처음 느껴보는 강력한 내공임에는 분명 놀랐다.

골프채에 전해지는 기운에 손바닥이 얼얼해 왔다.

급하게 내공을 끌어올리긴 했지만 그렇다고 보통 무술을 수련한 자들에 뒤지지 않았다.

쇄애애애앳.

"······!!!"

휘두른 골프채에 튕겨진 두 개의 검.

휘릭.

반발력 따위는 개무시되고 있다.

엄청난 속도록 한 바퀴 회전한 주인을 따라 쌍검 또한 빠르게 움직였다.

그리고 하체와 상체를 동시에 노리며 날아들었다.

퍼억!

자리를 뒤로 뺐다.

쉣!

회수된 골프채를 검처럼 휘두르며 두 개의 검로를 향해 맞서 찔러갔다.

캉!

카강!

펜싱 선수들의 공격에 비견할 수 없는 빠른 공격과 방어.

불꽃 튀었다.

다른 쇠들과 달리 단단한 합금으로 만들어진 골프채가 잘 버텼다.

파앗!

말로만 듣던 LED급 빛을 자체 발산하는 보검.

그것도 쌍검.

상대하기 까다로웠다.

만약 설악산에서 양 도사가 수련을 빙자해 한때 양손에 방망이를 들고 날 후려쳤던 일이 없었다면 충분히 당황했을 상황이다.

'양 도사님! 그 은혜는 죽어서 꼭 갚겠습니다!'

위기의 순간에 빛나는 유비무환의 교육 효과.

당시 얻어맞을 때는 머리통이 깨질 듯 아팠었다.

하지만 지금 이 순간 그때의 경험이 이토록 눈물 나게 고마울 수가 없었다.

화장실 갈 때 다르고 나올 때 다르다더니 역시 나 또한 이중적인 인간이 아닌가.

그러나 이런 나의 성격을 전혀 바꾸고 싶지는 않다.

평범한 인간성을 갖고 있는 천재이고 싶다.

쉬이잉!

'인정사정없군!'

내 목숨을 대놓고 노리고 있다.

신분이 닌자라면 피를 봐야 끝이 날 것이다.

머리와 가슴을 노리고 찔러 들어오는 두 줄기 섬광.

크기를 가늠할 수 없는 독사의 이빨 같아 보였다.

위이이잉.

그제야 거침없이 돌기 시작한 내공.

손에 들려 있는 골프채에 가득 주입되었다.

파스스슷.

그리고 깃드는 시원한 하늘색 기운.

검강까지는 아니더라도 검에 기를 담을 수 있는 경지.

'후지산으로 돌아갓!'

남의 나라까지 와서 칼질하는 꼴은 보기가 껄끄러웠다.

아무리 초절정 미소녀라 해도 닌자는 닌자.

여자의 탈을 쓰고 나타난 것에 감사해야 할 것이다.

남자였다면 골프채로 공을 날리듯 사정없이 휘둘러 발라 버렸을 상황.

캉! 캉! 카가가강 가가가강!

순식간에 10여 차례 검과 골프채가 치열한 흔적을 남겼다.

처음에 약간의 당황스러움은 있었지만 설악산에서의 경험이 결코 헛짓이 아니었음을 다시 한 번 느꼈다.

두뇌가 없는 사람처럼 혹독하게 받았던 지옥 훈련.

보통 사람들이 겪는 수련의 수십 년과 비할 바가 아니었다.

머리가 좋은 만큼 생각과 판단력 또한 빨랐기에 그만큼 고통도 증가되었다.

그런 사실을 너무 잘 알고 있었던 양 도사.

해도 해도 너무했던 시절.

비오는 날 개처럼 빡시게 날 뛰게 했다.

휘릭.

'헛!'

내기가 담긴 골프채.

조금 전과 달리 강력하게 휘둘리는 골프채에 검이 부딪혔다.

순간 덤블링하듯 훌쩍 몸을 뒤로 날리며 한 바퀴 돌아 거리를 벌리며 멀어지는 미요코.

그때 나의 눈에 들어온 것.

'하, 하얀색!'

검광을 받아 더욱 환하게 빛을 발하는 그것.

닌자 미요코도 속옷은 하얀 것을 선호하는 모양이었다.

'가, 강해!'

검을 잡은 손에 강한 진동이 느껴졌다.

그 강도가 얼마나 강한지 쉽게 멈추지 않고 얼마간 지속되고 있는 화룡쌍검.

직계 제자들 중심으로 가문에만 전수되며 일본 살수의 명맥을 잇고 있는 일월문.

그중 오대살수에 들 만큼 실력이 출중한 인물 중 한 명인 미요코.

그녀가 당황하고 있었다.

일본 열도를 통틀어 단 열 명밖에 없는 일월문의 직계

제자.

현재 남아 있는 무예 가문들 중에서도 단연 최고였다.

2차 세계 대전을 겪으며 수많은 가문의 무공과 재원들이 사라졌다.

사정이 과거와 같지 않지만 피나는 수련을 통해 지금에 이르렀다.

그리고 이 시대에는 대적할 만한 적수가 없을 만큼 강해졌다.

어딘가 그런 이들이 있다 해도 감히 살수 가문을 건드리려 하지 않았다.

한 번 원한을 맺으면 그 가문이 멸문할 때까지 대를 이어 암살을 감행했던 일월문.

진정 암흑과 같은 세상에서도 생존을 거듭하고 있었다.

어둠을 대표하는 세력 야쿠자와 정치인들의 회유와 협박에도 가문의 명맥을 꿋꿋이 이어가고 있는 일월문이다.

한일합방 이후 한국에서 활동하던 조부가 한 번은 살행에 나섰다.

위험한 상황에 처해 있을 때 한국인에게 은혜를 입게 되었다.

그때 그 은인에게 건넸던 가문의 정표가 돌아왔다.

소년 하나를 처리해 달라는 부탁.

이는 반드시 들어줘야 하는 일.

살수의 기본은 신의를 지키는 일이다.

선대가 입은 은혜라 하더라도 후대에 걸쳐 반드시 지키고 갚아야 함을 일월문 사람들은 잘 알고 있었다.

그러나 상대가 너무 강하다.

일월문의 문주인 아버지도 인정했던 미요코의 정통 무예 실력이었다.

속칭 닌자로 통했지만 암기보다 정면 승부를 즐겼던 미요코였다.

일월문을 나선 오늘.

닌자로서의 첫 살행 수업이 이루어지고 있었다.

20세가 되어야 허락되는 살수행.

성인식과 다를 바 없는 절차였다.

가문이 후지산에 위치해 있어 여러 가지 영초와 화기를 흡수할 수 있었다.

그 덕에 상당한 공력을 지녔다.

어린 시절 조부께서 임종하시기 전에 건넨 조선 산삼으로 가문의 형제들보다 강한 내공을 소유하고 있던 미요코.

처리해야 할 인물이 나이는 어리지만 제법 강하다는 소문이 돌고 있기는 했다.

하지만 결코 자신의 적수는 아니라고 생각했다.

조선의 무예는 언제나 어느 정도 과장되어 전해진다고 가문의 어르신들이 두고두고 말씀하셨다.

그 말과 자신의 실력을 믿고 나섰던 미요코.

화산의 정기를 머금은 철을 사용하여 일본의 정통 비전 제련법으로 제작된 화룡쌍검이 일개 골프채에 밀렸다.

검기를 사용할 줄 아는 고수다.

"이만하고 검을 내려놓는 게 어때, 예쁜 언니. 잘빠진 다리에 멍 들기 전에 접어서 끓고!"

분명 처음 마주했을 때는 당황하는 기색이었다.

하지만 지금은 여유있는 표정.

'왠지 불안해…….'

살수 가문인 만큼 주변에 감도는 기의 변화를 중요시했다.

보통 때는 이성적이고 냉철한 감각이 요구되는 암살.

그럴 때일수록 감을 더욱 더 중시했다.

지금 상황으로 볼 때 썩 좋지 않다.

물리 화학부터 폭발물과 같은 21세기 교육을 전부 받아온 미요코.

한국의 경찰 따위는 두렵지 않았다.

어선을 이용해 밀입국한 상태이기 때문에 어느 곳에도 정보를 흘리지 않았다.

한국 고등학교 교복을 구하고 이곳에 잠입해 들어오기까지는 너무 쉬웠다.

눈앞에 있는 대상만 제거하고 곧장 본국으로 돌아가면 만사형통이었다.

"미요코! 머리 굴리지 않는 게 좋아. 여자라고 봐주는 것도 이 정도 선까지야."

누가 살수인지 착각이 들 정도다.

어차피 제거하면 그만이었기에 모습을 드러내고 이름을 밝혔다.

꾹.

미요코는 지그시 쌍검을 교차하며 입술을 깨물었다.

짧지만 강렬했던 결투.

강민은 예상 외로 강했고 그만큼 미요코는 마음의 평정을 잃어갔다.

단 한 번도 생각해 본 적 없는 패배.

첫 살수행에 나선 만큼 바로 꺾일 수 없었다.

슷.

검의 손잡이 끝부분을 지그시 누르는 미요코.

끼릭.

들려오는 짧은 기계음.

암기를 주력으로 배우지 않았을 뿐이지, 본질은 살수.

화룡쌍검은 검이자 동시에 암기도구였다.

'죽어!'

본 살행은 처음이지만 죄책감 따위는 애초 없었다.

후지산에서 훈련하는 동안 무수히 많은 야생동물들의 목숨을 거두었다.

가문이 입은 은혜를 갚는 일이다.

이 정도 일은 조부의 목숨을 건진 일에 비하면 아무것도 아니다.

당시 조부의 생존이 보장되었기에 현재 미요코도 일월문의 일원으로 당당히 살 수 있게 된 것이다.

모든 일월문의 직계는 목숨보다 가문을 우선하여 섬겼다.

텅!

자리를 박차고 몸을 날리는 미요코.

'섬전쌍뢰!'

진정으로 펼쳐지는 가문의 검법.

파츳.

내공을 머금고 검기를 담기 시작한 화룡쌍검.

쇄애앳.

하늘에서 내리 꽂히는 두 개의 벼락처럼 일격필살의 쾌검이 강민을 향해 쏟아졌다.

조금 전과 달리 두 배 정도 빨라진 몸놀림.

가히 날벼락을 닮아 있었다.

쿡!

피비비비빙.

동시에 화룡쌍검 손잡이에 설치된 암기 발사장치를 누르는 미요코.

장난은 여기까지.

한 번 맞으면 회생 불가능한 가문의 절독이 묻어 있는 비침.

검보다 더 빨리 강민의 몸뚱이를 향해 쏟아져갔다.

피비비비빙!

"……!!!"

귓가에 잡히는 미세한 파공음.

암기였다.

'젠장!'

설악산 양도사가 펼치는 솔잎보다 더 지독할 것으로 느껴지는 암기.

독이 묻어 있을 건 뻔하다.

방심한 건 아니지만 이렇게까지 나를 죽이는 데 혈안이 돼 있을 줄은 몰랐다.

팟!

그대로 발에 내공을 담아 뛰어올랐다.

쉬이이잇.

순간적으로 4미터 이상 허공으로 떠오른 몸.

티디디딩.

쇄애애앳.

암기로 짐작되는 물체가 쾌속하게 날아가 연습장 돌기둥
에 부딪치는 소리가 들렸다.

그리고 나를 향해 날린 닌자의 검이 마치 유도 미사일처
럼 내 뒤에 따라붙었다.

'이게 정말!'

목숨까지 걸고 장난을 칠 사람은 세상에 아무도 없을 것
이다.

이 순간 남의 목숨이 아닌 하나뿐인 나의 목숨을 노리고
덤비자 심장이 뜨거워졌다.

진정 생명의 위협을 느끼고 있는 것이다.

부르르.

떨리는 몸의 진동.

파아아앗.

골프채에 내기를 가득 담았다.

'꺼져!'

쇄애애앳.

설악산에서 많이 해본 일.

마른 장작 젖은 장작 상관없이 내려찍었던 도끼질.

허공에서 그대로 골프채를 내려찍었다.

이제 여자고 뭐고 없었다.

내 목숨과 바꿀 수 있는 것을 아직은 만나지 못했다.

봐준다 해도 저들이 나를 봐주지 않을 것이다.

이럴 때 매가 약이 될 수도 있다.

"멈춰라!!!"

"……??"

쉬이이이이이이잇.

그때 갑자기 들려온 한마디.

그리고 날아든 그 무엇.

콰아아아아아아앙!

멈추란다고 멈출 수 있는 상황이 아니었다.

"까아아아악!"

휘리리리리리릭.

챙그랑.

골프채와 격돌한 닌자의 쌍검이 내공의 힘을 감당하지
못하고 손에서 빠져나가 튕겼다.

동시에 들려온 찢어질 듯한 하이톤의 비명 소리.

퍼어어엉!

그리고 작은 폭발음과 함께 진하게 퍼지는 짙은 회색 연기.

스스스스슷.

'헐……'

사라져 버렸다.

눈 깜짝할 사이에 벌어진 상황.

무엇인가를 던지는가 싶더니 모습을 감춰 버린 닌자 미요코.

21세기 최첨단 과학 문명이 발달한 현대.

이렇게까지 완벽한 비술을 펼친다는 것은 있을 수 없다.

나의 기감으로도 어느 쪽으로 꺼졌는지 감을 잡을 수가 없다.

"허어, 일월문의 비술이 아직도 현존하고 있었다니……."

미요코가 사라진 뒤 모습을 보인 한 존재.

한 손에 신발 한 짝을 들고 서 있다.

언뜻 우스꽝스러운 모습의 60대 초반의 평범한 인상의 할배.

'교, 교장 선생님!'

그랬다.

방금 전 날아든 것의 정체는 멀리 떨어져 있는 신발.

나머지 한 짝도 던질 요량이었던 사람은 바로 교장 선생님.

"사백 도사님 말씀이 어찌 하나도 틀리지 않아. 거참 시끄러운 팔자구나."

모습을 감춘 닌자를 찾는 대신 교장 선생님은 나를 바라보며 입을 열었다.

눈빛에는 안타까움이 가득한 방정국 교장 선생님.

'사백 도사님?'

교장 선생님 입에서 흘러나온 사백이라는 이름.

그것도 도사님이 붙었다.

갑자기 등 뒤에서 차갑게 흘러내리는 땀의 정체.

"교장 선생님, 혹시 그 도사님 성함이……."

씨익.

나의 질문에 묘한 미소를 짓는 교장 선생님.

"뭘 물어? 너도 이미 알고 있는데."

"헉!"

콰앙!

머리에서 울리는 공포의 범종 소리.

"쯧쯧, 아직 한참 공부가 부족하거늘 뭐한다고 나와서. 사백님 밑에서 몇 년만 더 버텼어도 이런 꼴 당할 일은 없었을 것 아니야. 설악산이 얼마나 좋은데."

'아우우우우우우우우우우!!!'

설악산이라는 말이 가슴에 대창처럼 꽉 박혀 들었다.

하늘에 펼친 그물은 절대 벗어날 수 없다지만 이건 아니었다.

한국 고등학교에까지 뻗쳐 있는 설악산 사기꾼 양 도사의 입김.

'그럼 내가 여태껏 양 도사 손바닥에서 놀아나고 있었단 말이야!'

모든 회로가 멍해지는 정신.

연습 중 만난 닌자와의 한판.

그것도 나의 목숨을 취하기 위해 암기를 뿌린 닌자를 상대했던 좀 전의 상황보다 더 어이가 없었다.

나의 동공은 이미 초점을 잃고 풀릴 대로 풀려 있었다.

그리고 스승 양 도사를 사백이라 말하던 교장 선생님을 바라보았다.

"동생, 정식으로 인사하지. 난 속리산 백 도사님의 기명 제자일세."

나는 눈이 풀린 데다 귀까지 윙윙거렸다.

졸지에 나를 동생이라고 부르는 교장 선생님.

이미 아래턱이 빠진 듯 맥없이 열린 입은 침만 질질 흘렸다.

'으아아아! 도대체 양 도사~ 당신 정체가 뭐야!!!'

가슴에서 터져 나오는 울분의 한마디.

아무렴 이건 아니었다.

3년의 고생 끝에 획득한 강남 입성.

이 모든 일이 사기꾼 양 도사의 계획 속에 있었다는 사실을 도저히 받아들일 수 없었다.

아니, 믿을 수 없었다.

내가 기억하는 양 도사는 판을 이렇게까지 짤 수 있을 정도의 머리를 갖고 있지 않았다.

수준이라고 독한 고량주에 고기 몇 점이면 극락을 오고 가는 양 도사였다.

이렇게 나의 근접한 곳에 첩보원을 두고 있었을 줄이야 상상도 못했다.

"스, 스승님은 지금 어디에……."

"몰랐나? 사백님은 강남에 와 계시네."

"……!!!"

이건 또 무슨 소리인가.

그럼 양 도사가 설악산에서 내려왔다는 말이 된다.

"걱정 말게. 곧 연락이 올 것이니."

'컥!'

제대로 먹여주시는 결정타 한 방.

나는 질끈 눈을 감아 버렸다.

결코 현실이라고 믿고 싶지 않은 오늘의 일.

그냥 악몽을 꾸었겠거니 생각해 버리고 싶었다.

아니, 계속해서 악몽을 꾸어도 좋으니 잠에서 깨지 않기를 바랐다.

'하늘이시여! 이건 아니잖아요!'

환장하고 팔짝 뛸 일이다.

대답 없는 하늘은 나의 마음을 이해는 한다는 듯 더욱 새카맣게 어둠에 잠겼다.

제3장
세상 여인들 중 단연 갑

"크흠……. 맛없어. 완전 맹물이구만."

인상을 있는 대로 쓰며 눈을 감아 버리는 설악산 큰도사.

"맛이 없다고 하시지 않은가! 김 사장, 더 좋은 술은 없나?"

최 도사는 양 도사의 하는 양을 지켜보며 김대철 사장에게 눈치를 주었다.

처음 김대철 사장이 최 도사를 만나 대할 때만 해도 상상할 수 없었던 모습.

이제는 아예 김 사장이라고 가볍게 부르며 편하게 하대

를 하고 있었다.

"네? 더, 더 좋은 술이라 하시면……."

현재 내놓은 술만도 수 가지가 넘었다.

내놓을 때마다 맛이 없네, 약하네, 향이 없네 하며 물린 술이 전부다.

그것도 빈 병으로.

김대철 사장은 술창고를 털어 가장 좋은 것들로만 내놓은 상황.

더 무엇을 내어 놓으라는 말인지 난감했다.

그리고 살짝 없는 자존심도 상했다.

한 병에 고급 주점에 가면 100만 원이 넘는 술.

발렌타인 30년산을 비롯해 최고급 코냑까지.

20년 이상의 싱글 몰트 위스키 등등.

마치 노가다꾼 막걸리 대접 비우듯 한 번에 가득 따라 입 안에 털어 넣었다.

그리고 이번에도 맛이 없다고 인상을 쓰고 있는 것이다.

더 이상 내어놓을 만한 술이 없는 상황.

"거 있잖은가. 중식당 같은 데 가면 먹는 그거."

"……!!!"

세상에.

맛없다는 말을 입에 달고 모조리 털어 넣고 찾는다는 술이 중국집 고.량.주.

김대철 사장의 입안에 쓴물이 돌았다.

저택에 방문한 목적은 이미 잊어버린 듯 콸콸 고급술들만 들이붓던 큰도사.

여러모로 거슬렸다.

"최 도사, 그만하면 됐네. 간단히 목도 축였으니 그만 아픈 중생도 한 번 들여다봐야지."

'가, 간단히… 치료가 아니랴 드, 들여다 봐?'

김대철 사장은 두고 보자니 어이가 하늘을 찌르고 있었다.

초토화.

검정 대리석이 깔려 있는 거실 한 중앙에 차려놓은 상.

제사를 지낼 때나 꺼내는 대형 상 위에 차려져 있던 산해진미가 초토화되었다.

돈이 썩어나는 집안인 김대철의 집.

대한민국 잘나가는 미식가들 중에도 빠지지 않은 김대철은 주방에 상주시켜 놓은 참모만도 세 명이나 되었다.

그런 전문 요리사 참모들이 정성껏 장만해 펼쳐 놓았던 요리.

대충 봐도 거의 30여 가지가 넘는 음식이 제사상 위에 쫙 펼쳐져 있었다.

투 플러스 소갈비찜은 기본이요, 한 마리에 수십만 원씩 하는 특대 영광굴비.

제주도에서 공수해 온 어른 주먹만 한 자연산 전복찜에 흑산도 홍어무침에 이르기까지.

김대철도 평소에는 맛보기 힘든 떡 벌어진 상차림이었다.

그런데 그 많은 산해진미가 모조리 사라지고 없다.

짝을 맞춘 술과 잔은 무시했고 무조건 대접에 따라 마셨다.

술 대접 한 번에 안주로 접시 하나씩을 싹싹 아작 내던 큰도사.

난생처음 보는 대식가였다.

키도 그렇게 크지 않고 나온 배도 없는 큰도사.

그럼에도 성인 10여 명이 먹고도 남을 요리들을 모조리 뱃속에 쓸어 넣었다.

'…취한 기색은 전혀 보이지 않고…….'

그렇게 들이 부었는데도 전혀 취한 것 같지 않다.

그러나 한마디도 감히 묻을 수 없다.

한 병 한 병 치우다 아에 빈 병째 둔 것만도 열 병 정도.

그것도 양주병만.

저 정도의 양을 마신다는 것은 자칫 생명을 잃을 수도

있다.

하지만 낯빛에 전혀 붉은 기운 하나 돌지 않는다.

주량에 있어서는 누구에게도 진 적이 없었던 김대철 사장.

일평생 저 정도 양을 단시간에 퍼마셔 본 적도 없었다.

"김 사장이라고 했지?"

"네? 네! 도사님!"

이런저런 생각에 넋을 빼고 있을 때 갑자기 김대철 사장을 부르는 양 도사.

평소에는 절대 이런 모습을 보인 적 없던 김대철 사장은 귀신에 홀린 듯 양 도사의 말에 바로바로 반응했다.

모르는 사람이 보면 자칫 큰도사의 신봉자처럼 생각했을 것이다.

"바닥 색깔 좀 바꿔."

"네? 바닥 색깔이라 하시면······."

큰도사의 시선이 거실 바닥에 닿아 있었다.

거금을 주고 어렵게 구해 깔아놓은 검정 대리석.

돈만 있다고 함부로 지를 수 있는 물건도 아니었다.

"김 사장! 김 사장은 겉모습은 화통해 보이지만 속은 물의 기운이 강한 사람이야~ 냉랭하면서 피도 눈물도 없는 성격이 아마 자네 성품일 게야."

아주 제대로 탁 하고 도끼질을 해 말하는 큰도사.

꿀꺽.

마른침을 삼키며 귀를 쫑긋하고 듣는 김대철.

"그것도 깊은 바다의 탁수지. 정돈되지 못한 혼돈의 기운……. 세상 살다 보면 어쩔 수 없이 만나야 할 인연 중 하나겠지만 이번 생에는 제대로 본업을 찾았어. 딱 보니 전생에 마음에도 없이 너무 퍼줘서 이번 생에는 정말 독한 말종이 된 거야."

"저, 전생이 보이십니까?"

"그럼~ 난 안 봐도 다 보여."

"말 끊지 말고 경청하게!"

최 도사의 조용한 일갈.

"넵!"

김대철은 머리를 조아렸다.

"악한 놈들이라고 손가락질하지만 그러면 어떤가. 이렇게 제멋대로 꼴리는 대로 살다가는 것도 나쁘지 않아. 어차피 빛이 있으면 어둠이 있는 법. 그 어둠이 이번 생에 주어진 몫이야."

김대철의 악행을 다 알고 이해한다는 식의 양 도사 말투.

"죽어서도 괜찮을까요?"

경청하라는 최 도사의 말을 그새 잊어버리고 다시 질문

을 던지는 김대철.

점점 나이를 먹어가면서 죽음 이후가 걱정이 되었던 참이다.

그도 그럴 것이 애지중지하던 막내아들이 저 꼴이 되고는 더욱 그런 생각이 자주 들었다.

기가 허해졌는지 요즘 들어 악몽에도 시달리고 있었다.

김대철에게 가산이 털리거나 소리 소문 없이 죽어나갔던 이들의 모습.

원한 맺힌 눈동자를 부릅뜨고 꿈에 찾아와 노려보기 일 쑤였다.

한때 잠을 자도 꿈을 꾸느라 괴로워 마약을 생각한 적도 있었다.

씨익.

불안한 눈빛의 김대철 사장을 보며 설악산 큰도사가 입가에 미소를 지었다.

누리끼리한 이가 살며시 보였다.

"내가 왜 아무도 없는 산속에서 지랄 맞게 도 닦고 사는 줄 알아?"

이제야 김대철 사장의 귀에 부드럽게 들리는 듯한 큰도사의 낯익은 어휘들.

명색이 사채업자였던 김대철 사장에게 정겹게 들리는

말, 지랄.

"그거야, 큰 도를 찾기 위해서⋯⋯."

"똥 싸고 자빠졌네. 큰 도? 에라 니 애미다."

"⋯⋯!!!"

거침없는 양도사의 입담.

"양 도사님⋯⋯."

강도가 좀 센 듯했는지 최 도사가 나서며 살짝 양 도사를 말리려 했다.

"다 뒈져서 불구덩이에 가기 싫어서 도 닦는 거야. 너도 시간 나면 도 한 번 닦아봐라. 이거 아주 제대로야. 어느 순 간 뿅 하고 영혼이 육신과 분리돼서 지옥 명부전과 천당을 오고 가는데 진짜 골 때려. 살아서 망나니처럼 살면 지옥이 보이고 반대로 산속에서 멍 때리고 시간 보내면 불쌍하다 고 천당에 보내주니⋯⋯. 허어, 도가 별건 줄 알아? 그냥 착 하게 숨 쉬고 사는 게 진짜 도인이야."

들어보지도 생각해 보지도 못했던 도에 관한 지론.

김대철의 아래턱이 뚝 열리며 입이 헤 벌어졌다.

파격적이다 못해 머릿속이 환해지는 큰도사의 도 지론.

큰도사의 말에 따르면 더한 설명을 들을 것도 없이 김대 철은 지옥행이 확실했다.

"걱정하지 마. 딱 보니 한 100만 년 똥통에서 구르면 다시 태어날 것 같으니 억울해 마. 그러니 죽기 전에 더 마음 껏 지르고 살아. 예쁜 계집도 품고 술도 마시고 사람도 더 괴롭히면서 지랄하고 살아. 그래봐야 지옥 똥통에서 지낼 시간이 한 몇 만 년밖에 더 늘겠어?"

"……."

저주도 이런 저주가 없었다.

딱 들어도 밥맛 뚝 떨어지는 김대철의 사후 모습.

벌써 눈앞에 지옥이 펼쳐진 것처럼 오금이 저려왔다.

김대철은 자신도 모르게 몸을 있는 대로 움츠려 말고 있었다.

"그래서 내가 온 거야."

"그게 무슨……."

"선근을 제대로 닦은 도인들에게 보시하면 업이 탕감되거든. 내가 김 사장 정성을 받아서 고맙게 생각하면 그때마다 한 1만 년씩 까지는 거야. 쉽지? 요즘 같은 세상에 나 같은 청정 도인 만나기 힘들어. 여기 최 도사만 해도 돈 때문에 요즘 골치 아프거든."

"…형님!"

전혀 취기도 없으면서 걸쭉한 입담을 과시하는 양 도사.

그러면서 최 도사의 치부를 살짝 까 보이는 교묘함을 보였다.

부르르.

김대철은 공포에 몸을 떨었다.

아직 죽으려면 멀었을 텐데 벌써부터 공포가 밀려왔다.

죽어서가 아니라 지금 이 순간이 지옥 같았다.

도대체 도사인지 사기꾼인지 가늠이 되지 않았다.

천하의 김대철이 뭐 마려운 개처럼 안절부절 못했다.

"최 도사! 솔직하게 살자. 우리 처음 도 닦을 때 표어가
이거였지 아마. '다른 도사들 사기 부적 팔 때 부러워 말고
우리부터 진실하자'."

"그래도 오늘은……."

"김 사장, 가서 아들 녀석 데려와. 그리고 최 도사가 말해
놓은 거 있지? 그거 꽉꽉 눌러서 담은 가방 준비해 놔. 밖에
있는 똥파리들 너무 믿지 말고 말이야."

"……!!"

김대철은 화들짝 놀랐다.

최대한 모습을 감추고 정원 어딘가에 대기 중일 부하들
을 이미 알고 있는 큰도사.

"시간 없다. 나 길거리에서 도 팔러 다니는 잡도사 아니
야!!"

"아, 알겠습니다."

정신이 오락가락할 정도로 넋이 쏙 나갔다 들어왔지만

김대철은 확실하게 깨달았다.

미친개한테 물리면 백약이 무효라는 사실.

지금은 딱 그 위기의 순간과 맞먹고 있었다.

"형님……. 그래도 의뢰를 한 손님인데… 소문이라도 나면 어쩝니까."

양 도사를 대놓고 형님이라고 부르며 최 도사가 인상을 찌푸렸다.

"야! 최 도사, 도사 인생 한 번 있지, 두 번 있냐. 그냥 편하게 살아. 그리고 김 사장을 딱 보아하니 입이 무거운 사람이야."

양 도사는 엉거주춤 옆에서 멀뚱히 눈을 뜨고 쳐다보고 있는 김대철 사장을 한 번 바라보며 말했다.

"뭐, 우리 얘기 어디 가서 나불거리다 언제 날벼락 맞아 뒈질지 모르는데 설마 입을 그렇게 가볍게 열겠어?"

내색은 하지 않으려고 했지만 인상을 쓴 최 도사의 심기는 불편하기 그지없었다.

하지만 양 도사의 말에 전적으로 의지할 수밖에 없는 처지.

양 도사는 다시 한 번 김대철을 뚫어져라 쳐다보았다.

"안 그런가, 김 사장?"

이제 막 자리에서 일어나 2층으로 일어나던 김 사장이 흠

칫 놀랐다.

"마, 맞습니다. 오늘 일은 결코 죽는 순간까지 입 밖에 낼
일이 없을 것입니다."

김대철 사장은 발걸음이 떨어지지 않았다.

뒷덜미를 무엇인가가 잡아끄는 듯한 기운 때문에 몸을
움직이기가 힘들었다.

"죽어서도 다물어! 저승 가서 내 이름 나불거려 봐야 네
지옥 생활 더 피곤해져!!"

"……."

절대 말도 안 되는 상황이고 또 믿을 수도 없는 말이었지
만 뭐라 반박할 수 있는 게 아무것도 없었다.

김대철은 조심스럽게 걸음을 떼었다.

발걸음이 옮겨졌다.

뭣 모르던 때 처음 사채 시장에 뛰어들었을 때가 떠올랐
다.

기억에 남아 있는 무식하고 인정머리 없던 과거 조직폭
력배.

지금 큰도사나 최 도사도 그들 못지않게 무식했다.

단지 김대철 사장이 전혀 알 리 없는 저승 세계 얘기를
하는 바람에 말문이 닫히고 반박할 말이 없었다.

2층으로 향하는 계단을 밟고 올라가며 김대철은 머릿속

에 떠다니는 잡다한 생각들을 털어냈다.

이 순간 가장 중요한 것은 아들이 온전해질 수 있게 하는 것.

그래서 저 두 노인네도 집에 들여놓은 것이다.

김대철은 막내아들의 병중이 가시는 것만 확인하면 된다고 마음을 다졌다.

괜히 잡생각을 했다가 큰도사에게 들키기라도 하면 날벼락이 칠 것 같은 불길한 생각이 팍팍 등 뒤에 꽂혔다.

"이제 난 어디로 가야 하나……."

밀물처럼 밀려오는 충격과 공포.

냉철하다고 생각했던 내 이성은 모두 내빼고 정신없는 내 육신만이 갈 곳을 찾아 헤맸다.

양 도사 스승님의 강남 입성 소식.

그것도 예고없이 듣게 된 사실.

이건 세렝게티 하이에나가 널뛰기를 하더란 말보다 더 벙찐 소식이었다.

"왜! 하필! 나에게! 으아아아!"

분명 나에게는 설악산에서 도만 닦았다고 했다.

그랬던 양반이 천하의 한국 고등학교 교장 선생님으로부터 사백이라는 소리를 들었다.

"통닭과 맥주로 홀릴 때부터 알아봤어야 해!"

불량 학생 선도 차원이 아닌 우연을 가장한 채 접근하던 그때 의심하지 못한 나를 원망했다.

아니, 천하의 한국 고등학교 교장 선생님이 설악산 사기꾼 스승과 연줄이 닿아 있다는 것을 누가 짐작이나 했겠는가.

"이 학교 처음부터 수상했어. 그래, 면접도 안 봤잖아! 뭔가 있었던 거야!"

한 번 의심을 품자 꼬리에 꼬리를 물고 모든 게 다 의심거리가 되었다.

한국 고등학교 이사장을 비롯해 사장단 모두 거짓일지도 모른다는 생각까지 들었다.

"떠야 해! 양 도사가 설악산에서 내려왔다면… 앞으로 내 인생은……."

온몸의 털이 바짝바짝 일어섰다.

또다시 착취 대상이 될 수는 없다.

3년 끝에 찾아온 봄날 같은 나의 짧은 인생이었다.

그 연장선에 올라갈 수는 없는 일.

강남에 입성했다는 것은 설악산 너와집을 버렸다는 뜻인가?

그럼 강남 한복판에 집 하나 장만해 놓고 본격적으로 나를 앵벌이 시키겠다는 심산.

그 돈으로 호위호식하며 노후를 보낼 요량일 것이다.

완전 사기꾼 양 도사.

"이놈의 저주는 언제 풀린단 말인가…….. 에휴."

한숨이 멈추지 않고 계속 새어 나왔다.

설악산 너와집 눅눅한 방구석에서 개 고생하다가 쥐구멍에 볕 들고 딱 몇 달 살았다.

그것으로 끝이란 말인가.

다시 또 내 삶에 암흑의 기간이 도래한 것인가.

"이 몸은 어디로 가야 한다는 말인가……."

아무리 되뇌고 되뇌도 걸음이 향하는 곳이 어디일지 알 수가 없었다.

한국 고등학교까지 인맥이 닿아 있을 정도라면 내가 숨을 곳은 그 어디에도 없다는 말이 될 것이다.

이 대한민국 바닥에서는.

평소는 명쾌하게 답이 내려지던 머릿속은 혼란스럽기만 했다.

마치 가시덤불이 공처럼 굴러다니는 것처럼 지끈거렸다.

"제시카 로엘! 어쩔 수 없다."

나는 제시카 선생님을 떠올렸다.

일단 튀고 봐야 했다.

목숨을 부지하려면 살 방도를 찾아야 하는 것.

아직은 모든 면에서 반백 년 이상 설악산에서 묵을 대로 묵은 양 도사를 상대하는 건 쉽지 않다.

말발로나 인맥발로나 한참 부족한 나.

그렇다면 결론은 하나.

비행기 타고 국내를 뜨는 수밖에 없었다.

"그래 그 방법뿐이야. 미국으로 튀면 절대 쫓아오지 못할 거야. 흐흐흐흐."

민증도 없는 양반에게 여권이 발급될 리는 없다.

생각하면 길은 언제나 열리게 되어 있는 법.

뜻이 있는 곳에 길이 있다 했다.

축지법을 쓴다는 것도 귀가 닳도록 들었지만 제대로 본 적은 한 번도 없다.

태평양을 날아서 건너지 않는 한 불가능한 일.

최상의 도주 경로를 산출해 냈다.

"계획했던 것보다 빨라진 것밖에 달라지는 건 없어. 학교 생활도 이 정도 했으면 됐고… 정 아쉬우면 미국학교에 편입하는 것도 괜찮아."

분명 이른 감은 있지만 나쁜 조건은 아니다.

아무리 미국생활이 고생스럽다 해도 설악산만큼은 아닐 것이다.

오직 살아남기 위해 모든 시간을 쪼개고 부수며 살아온 나의 삶.

그래서 지금 이 순간이 있는 것이다.

결단코 그 과거의 그 생활로 돌아갈 수 없다.

그것은 나의 인생에 있어 퇴보다.

양 도사처럼 살 것 다 살고 놀 것 다 놀지도 못했다.

"민아~"

"엥?"

지난밤의 혼란이 가라앉은 학교.

폭발한 전압기는 한국 전력 복구반이 해결했고 모습을 감춘 닌자 미요코는 다시 나타나지 않았다.

교장 선생님 역시 충격적이 소식만 남기고 묘한 웃음을 흘리며 돌아갔다.

그렇게 찾아온 길고 긴 밤.

밤새 거의 잠을 이루지 못했고 계속 나의 진로에 대해 머리를 싸매고 생각했다.

그리고 이 시간 조용한 연습장에 다시 나왔다.

오늘 같은 토요일 주말에는 거의 연습장이 비어 있었다.

대부분 골프부원들은 주말로 연습장을 떠나 직접 체험을 위해 필드로 나갔다.

다들 먹고살 만한 애들이 대부분이기에 가능한 것.

날이 좋아 본격적으로 골프를 즐길 수 있는 계절인 만큼 이런 황금 같은 시간이면 실전 감각을 익히기 위해서라도 필드 경험은 필수였다.

그런데 이 순간 너무 익숙한 목소리가 나를 불렀다.

마치 간절할 정도는 아니었지만 문득 궁금했던 목소리다.

"다, 단비야."

그랬다.

뽀송뽀송한 피부에 환한 태양빛에도 작은 티 하나 보이지 않는 얼굴.

순백의 럭셔리 뷰티플 퍼펙트 피부를 자랑하는 단비.

멍 때리고 앉아 있던 나를 향해 골프백을 메고 단비가 다가오고 있었다.

'…단비 부모님께 영광 있으라…….'

나는 단비를 낳으신 단비의 부모님께 영광을 돌렸다.

나의 처지는 처지이지만 인정할 건 인정해야 한다.

역사적 성인들이 멋으로 달고 계시는 기록물의 후광이 아닌 자체 후광을 발산하는 단비.

이쯤 단비의 옷차림 역시 환상이다.

눈빛은 풀려 멍을 때리고 있었지만 정신만은 힘차게 역동적으로 움직였다.

치마를 입었다.

그것도 대회에 출전할 때 입던 아이보리색으로 주름이 잡힌 스커트다.

붉은 단추가 눈에 확 띄는 상의도 같은 색.

푸른색 썬캡에 큼지막한 선글라스를 올려놓아 활발하고 세련돼 보인다.

그리고 귀 끝에서 매달려 반짝거리는 물방울 다이아가 포인트.

머리끝부터 발끝까지 완벽했다.

연한 연두색 골프화로 스타일을 완성했다.

'쟤는 전생에 무슨 복을 그렇게 지었을까.'

나와는 태생부터가 다른 단비.

도대체 전생에 우주를 몇 번 정도 구해야 단비나 예린이처럼 다 갖추고 태어날 수 있을까.

보기만 해도 마음이 흐뭇해지는 단비였다.

눈앞에 존재하는 것만으로도 남심에 허황된 꿈과 희망을 불시에 질러 버리는 손단비.

여전히 눈에는 총기가 돌아오지 않았다.

양 도사에 관한 소식에 그만큼 충격이 컸던 탓이다.

"무슨 일 있어? 안색이 안 좋아 보여."

평소답지 않은 나의 모습이 금세 티가 났을 것이다.

걱정스러운 듯 단비가 말을 건넸다.

"하하, 일은 무슨~ 그런데 토요일 아침부터 어쩐 일이
야?"

'제발 이대로 조용히 살고 싶어, 단비야.'

부쩍 세심하게 나를 살피는 단비는 대번에 나의 변화를
눈치채고 있었다.

하지만 까놓고 얘기할 수 없는 일이다.

설악산 사기꾼 스승이 하산해 강남에 입성했다는 말.

그나마 쪼끔 정든 학교를 떠나야 하는 나의 현실.

어떻게 말할 수 있겠는가.

"민이 너 혼자 연습할 거 뻔하니까 왔지. 아르바이트 가
기 전까지 함께 연습해 줄게~"

'세심하기도 하지. 단비야~ 아우~'

이런 착한 여인 옆에서 나를 떼어놓으려는 하늘의 시험
인가.

아무리 그렇다 하더라도 스승 양 도사와의 타협은 있을
수 없다.

안 봐도 뻔하다.

들어보나마나 한 얘기들일 것이다.

분명 나를 억압하고 착취하기 위해 설악산에서 내려왔을
터.

고작 반년 만에 끝나버린 나의 자유.

절망이 가슴을 후볐다.

어떻게 얻은 자유였던가.

더욱이 지금 내 눈앞에서 한 송이 백합꽃처럼 환하게 웃음 짓는 단비를 이곳에 두고 떠나야 한다.

이 심정을 누가 짐작이나 할 수 있을까.

차라리 미치고 팔짝 뛰며 춤을 추는 게 나았다.

"고마워……."

"피이, 고맙기는~ 원래 이런 건 민이 네가 부탁해야 하는 거 아냐?"

'마음씨도 비단결이고!'

"어?!"

살짝 토라진 듯 눈빛을 흘기는 단비의 모습은 단둘만 있을 때 볼 수 있는 모습이다.

나를 향해 교태를 부리는 것?

나와 있을 때 가끔 보이는 단비의 숨은 매력 중 하나다.

거칠 것 없이 자신의 감정과 마음을 표현하는 단비가 지금은 부러웠다.

"미안해."

"정말? 호호. 그럼 내일 나랑 데이트할래?"

'헉! 데, 데이트!'

내일 당장 지구의 멸망이 확정되었다 하더라도 이럴 땐 무조건 고다.

"콜!"

마음의 결심이 선 이상 더 미룰 수 없는 일들.

그 중에 단연 단비와의 시간이 최우선이다.

왕 사장네 북경루도 어느 정도 자리를 잡았다.

매상이나 고객들에 대한 부담은 크게 덜어진 셈.

이렇게 우연찮게 얻은 단비와의 데이트.

분명 나의 처한 처지가 측은하여 하늘이 허락한 시간이리라.

오늘 당장 양 도사가 나를 찾아올 리는 없다.

그렇다면 어떻게든 시간을 보내고 피할 수 있는 한 재빨리 피해야 하는 법.

'잘됐어. 미국으로 뜨고 나면… 아쉬울 거야. 아름다운(?) 추억을 만들어야지.'

미국으로 가게 될지도 모른다는 얘기는 내일 데이트를 하면서 자연스럽게 꺼낼 생각이었다.

적어도 속사정을 다 얘기할 수는 없어도 단비에게는 직접 말하고 싶었다.

"그럼 손가락 내밀어~"

스윽.

골프채를 잡고 살아온 여자의 손은 아니었다.

가늘고 새하얀 단비의 긴 손가락이 나의 손가락에 감겨
왔다.

"그리고 복사도 해야지!"

단비의 쫙 편 손바닥이 나의 손바닥에 맞닿았다.

손바닥에서도 심장에서 느껴지는 같은 파동을 느낄 수
있다.

손 하나에 온몸에 연결된 모든 감각이 집결되어 있어서
가능한 일.

"내일 약속은 내 이름 두 자를 걸고 반드시 지킬 거야."

"정말이야? 만약 약속 어기면……."

"하하하하, 강도 9 이상의 지진이나 핵폭탄이 터져도 꼭
지킬 테니까 걱정 마."

단비가 약속이 생겨도 그 약속이 끝날 때까지 기다릴 의
향도 있었다.

"시간은 오전 10시. 장소는 강남역 3번 출구 앞."

"오케이~"

내 인생에 불행한 일만 있는 것은 아니었다.

이렇게 생각지도 못한 단비와의 시간을 선물받게 되었으
니 말이다.

"그럼 우리 내일 데이트를 위해 오늘은 땀 좀 흘려볼까?"

'정말 이쁘다. 호호.'

살짝 웃을 때마다 드러나는 하얗고 가지런한 치아가 단비의 입매와 얼굴을 더욱 예쁘게 빛냈다.

앞으로 보나 뒤로 보나 감탄이 절로 나오는 모습.

단비의 데이트 신청이 방금 전까지 나의 머릿속을 먹구름으로 가득 채우던 일들을 일시에 날려버렸다.

'스승님, 쥐꼬리만 한 양심이라도 있다면… 내일은 제발 피해 오십시오.'

당장 주말이 지나고 월요일이 되면 제시카 샘을 만나야겠다고 생각했다.

그리고 그 자리에서 계약을 맺고 최대한 빠른 시간 안에 출국하는 것으로 얘기를 끝내야 한다.

나는 기필코 도망치는 것이 아니다.

내 미래를 위해 계획했던 일을 좀 당긴 것뿐.

한국 고등학교 울타리 안에까지 뻗어 있는 어둠의 그림자.

오직 나의 미래를 위해 지금은 한국을 뜨는 수밖에 없다.

사박사박.

'웁스!'

골프 가방에서 드라이버를 꺼내 들고 타석으로 향하는 단비의 뒷모습.

짧은 스커트 때문에 더욱 아찔해 보였다.

조금 더 과장해 경이로워 보인다고까지 해야 할까.

그리고…….

화르르르르.

그렇지 않아도 잔불에 서서히 불꽃을 피어올리던 심장이 예사롭지 않았다.

막 휘발유를 쏟아부은 듯 거대한 화염이 심장에서 치솟아 올랐다.

매끈하게 흘러내리는 날렵하면서도 늘씬하게 빠진 탄력 넘치는 단비의 허벅지.

잘록한 것을 넘어 한 팔에 확 감기고도 남을 허리 라인.

보통 같은 또래 여학생들보다 큰 키의 단비였지만 몸의 비율은 아트였다.

완벽한 발육 상태까지 자랑하는 바디.

'단비야, 넌 갑 중의 갑이다!'

어떤 누구든 인정하지 않을 수 없는 단비의 체형은 완벽했다.

외모 또한 빠지지 않는다는 것.

새카맣게 그림자가 드리워졌던 어제오늘의 내 인생에 오로지 흐뭇함을 주는 유일한 존재였다.

그런 단비에게 제대로 선택받은 내일.

나를 두고 복 없다 한다면 과연 누가 복 받은 놈이겠는
가.

후비적후비적.

"하이고, 왜 이렇게 귀가 간지러운 게야? 어디서 어떤 놈
이 나를 욕하는 게지."

마구잡이 잡히는 대로 손으로 음식을 집어 먹은 설악산
양 도사.

쿵쿵.

귀를 후빈 손가락을 코에 대고 냄새를 맡았다.

웬만해서는 비위가 상하지 않는 김대철 사장.

그런 김 사장도 마음의 평정이 흐트러지고 있었다.

기인, 아니 꼴통도 이런 꼴통 도사는 다시없을 것이다.

본모습을 드러내고 아낌없이 자신의 광기를 발산하고 있
는 양 도사.

그러나 김대철 사장은 속으로만 곱씹을 뿐 속내를 드러
내지는 못했다.

"으으……."

분명히 반병신이 되어 있는 아들의 상태를 알고 있을 양
도사.

충분히 최 도사에게 설명을 들었음 직함에도 굳이 아들

을 2층 거실로 데려오게 했다.

두 다리 멀쩡한 본인이 방에 들어가 진맥해도 될 것을 말이다.

요 며칠 사이 아들은 하체의 근육은 더욱 둔해지고 있었고 대신 미세한 감각은 더 예민해져 가는 기현상에 시달렸다.

"좀 참아. 사내자식이 이깟 고통을 못 견뎌서야. 소리 지를 거면 알 떼고 시작해."

"……."

김대철 사장이나 집안에 부리는 사람들에게 하루같이 신경질적으로 대하던 김민석이 입술을 깨물었다.

아버지인 김대철도 아무 대꾸를 하지 못하는 양 도사의 포스에 인정사정없이 밀리고 있었다.

그 기세를 감당할 수가 없었던 것.

"형님, 어떻습니까?"

진맥하다 몸서리를 치며 귀를 후비던 양 도사를 향해 최 도사가 물었다.

"어떻긴 뭘 어때."

별 시큰둥한 반응으로 대답하는 양 도사.

"혈도가 제대로 썩어가고 있구만."

"네, 혀, 혈도요?"

김대철 사장이 눈을 크게 뜨고 놀라며 물었다.

그때 그런 김 사장을 정면으로 바라보는 양 도사.

"혈도 알아?"

"아, 아닙니다. 잘 모릅니다."

"무식한 돈쟁이 같으니라고. 쯧쯧."

"……."

대저택에 들어오면서부터 김대철 면박 주는 걸 취미로 삼은 듯한 양 도사의 거친 말투.

거의 뵈는 게 없어 보였다.

밖에서 대기 중인 주먹깨나 쓰는 자들은 안중에 없는 듯했다.

"넌 아냐?"

괜히 아무 생각 없는 듯 눈을 반쯤 풀고 있는 김민석에게 질문을 하는 양 도사.

"아, 아니요. 모릅니다."

평소 같았으면 애 어른 상관없이 다 깔봤을 김민석.

지금 순간에는 순한 양처럼 고분고분했다.

"니들은 책, 아니 만화책이란 것도 안 보냐? 에라이. 일자무식한 놈들 같으니라고."

종이에 인쇄된 것이나 시간을 투자해야 하는 영화 같은 것은 일절 관심이 없는 김씨 부자.

그것들 말고도 그들 인생에 있어 재미난 게 많았기 때문에 따분한 것들은 일절 취급하지를 않았다.

더구나 영화보다 더 영화처럼 살고 있다고 느끼며 지냈던 김민석이었다.

"내 설명을 해줄 테니 귓구멍 열고 잘 들어."

양 도사는 김씨 두 부자를 한심하다는 듯 쳐다보며 김민석의 몸 이곳저곳을 다시 한 번 짚었다.

"네놈을 이렇게 만든 놈이 한마디로 지놈의 기를 써서 떡~ 하니 네놈의 핏줄을 따라 피가 흐르는 길목들을 막아놨다~ 이 말이다."

양 도사는 무식한 두 부자를 위해 최대한 쉽게 혈도의 막힘을 설명했다.

이해를 돕기 위해 피가 흐르는 길목이라 했지만 사실은 기혈을 막아놓았다고 하는 게 더 정확했다.

"네? 피를 막아요?"

"그, 그게 가능합니까?"

아니나 다를까, 김씨 두 부자의 반응은 양 도사의 예상을 벗어나지 않았다.

두 사람의 눈빛은 거의 피를 막아 놓았는데 어떻게 살 수가 있습니까 하는 수준이었다.

"겪고도 모르겠냐? 네놈 몸이 머리통의 뜻을 따라주지

않고 있잖냐!!"

무슨 말인지도 알아듣지 못하는 답답한 두 사람을 놓고 버럭 호통을 치는 양 도사.

"허어, 지금 형님, 아니 설악산 큰도사님께서 가르침을 내리고 계시지 않습니까. 질문은 일절 삼가고 조용히 경청만 하세요!"

최 도사가 오버하며 인상을 쓴 채 경고 메시지를 슬쩍 날렸다.

"네네, 죄송합니다."

겁없던 사채업자를 거쳐 이 자리까지 오면서 처음 받아보는 훈육.

김대철은 그저 머리를 낮게 조아리고 아들 녀석 낫게 해주길 바라는 마음만 간절했다.

"명문혈을 기점으로 하반신 중요 대혈과 소혈, 그리고 여러 맥문들과 세맥까지 모조리 기가 통하지 않고 있다. 여기서 한 달 정도 지나면 나도 손을 쓸 수 없게 돼."

번쩍!

양 도사의 말에 김대철이 조아렸던 머리를 닭대가리처럼 세웠다.

"그럼 지금은 고칠 수 있다는 말씀이십니까!"

"도사님 살려주세요! 살려주세요!!!"

양 도사의 말에서 희망의 씨앗을 본 김씨 두 부자는 지푸라기라도 잡는 심정으로 애원했다.

치료가 가능하다는 뉘앙스의 양 도사 말에 희망을 건 것이다.

"그런데 어쩌다 이리된 게야? 이 정도 기혈의 흐름을 꿰고 있는 자라면 함부로 사람을 상하게 하지는 않을 것인데."

넌지시 뭔가를 떠보는 양 도사.

"크으! 그 개새끼가……. 제가 찜한 여자를 노리고… 제 여자를 뺏기 위해 저를 이 꼴로 만들어 버렸습니다!"

아직도 억울함만 가득한 김민석.

정신을 차리지 못하고 있었다.

양 도사는 김민석의 눈빛에서 악독한 인간의 안광을 보았다.

"그래? 여자 때문이었다고? 여자 하나 때문에 죄없는 사람을 이렇게 만들었다는 게지?"

양 도사는 도를 닦은 이후 이유 없이 사람을 해하는 도인들을 본 적이 없다.

물론 작심하고 입산수도하여 도행을 하는 이도 있지만 보통 사람들과 섞여 한층 더 높은 도행을 수련하는 자들도 많다.

그러나 진정한 도행을 하는 자들치고 사람을 이렇게 상하게 하는 자는 단연코 한 사람도 없었다.

그런 사실은 사람이 증명하지 않아도 이미 하늘과 땅의 이치가 그것을 증명하기 때문에 기로서 다 파악이 되었다.

"맞습니다요. 아들놈이 머리는 둔해 공부는 뒤처지지만 거짓말을 하지는 않습니다."

김대철 사장의 자식을 바라보는 애절한 눈빛이 양 도사의 냉랭한 눈빛과 마주쳤다.

양 도사의 눈빛이 어떤 눈빛인지 가늠하지 못한 김 사장은 말을 이었다.

"그 거지발싸개 같은 놈이 이 녀석이 사귀던 여자애를 빼앗아가는 와중에… 그만 이렇게 되고 말았습니다."

한때 세상을 떠들썩하게 만들었던 여중생 납치 사건.

설악산 골짜기에는 텔레비전도 없는 줄 아는 듯 두 부자는 부끄러움도 모르고 사건을 각색했다.

하지만 양 도사는 김씨 부자의 입장을 알고 있었다.

누가 뭐라 해도 두 사람의 입장은 지금 말한 것처럼 그랬으니까 말이다.

분명 아들이 찜한 계집을 강탈하고 폭력까지 휘두른 아주 몹쓸 놈인 것이다.

"허어, 요즘에도 그런 놈들이 있다니……. 그래 그 거지

발싸개만도 못한 놈 이름이 뭐였던고?"

"도사님! 그런 놈은 반드시 잡아서 반 죽여 놔야 합니다. 암요."

양 도사가 고분고분 자신들의 말을 들어주는 듯하자 김 대철은 흥분하기 시작했다.

"아주 제깟 놈 힘만 믿고 날뛰는 개망종이지요."

양 도사의 속내를 전혀 알 리 없는 김대철 사장은 입에 침까지 튀겨가며 자신의 생각을 늘어놓았다.

"가, 강민이에요! 도사님, 그 새끼 이름이 강민입니다!"

눈가에 눈물까지 비치며 양 도사를 향해 자신을 이렇게 만든 녀석의 이름을 부르는 김민석.

그 소리를 듣고도 별 반응을 보이지 않는 양 도사.

"강민이라… 그놈 참 이름 한 번 싸가지 없군. 거둬주고 먹여주고 한 스승도 내팽개치고 지 혼자 잘 먹고 잘살겠다 고 줄행랑칠 것 같은 아주 고약한 이름이로세."

두 눈을 살며시 내려감으며 양 도사가 중얼거리듯 말을 흘렸다.

"마, 맞습니다 도사님! 생겨 먹은 것도 아주 고약한 독종 놈입니다."

이상한 감은 있지만 함께 강민을 씹어주는 도사의 모습 에 계속 맞장구를 치게 되는 김대철.

얼마 전 거액의 돈을 지불하고 투입한 업자에게서 연락이 왔다.

입수한 정보에 비해 생각보다 놈이 강하다는 것.

그래서 상위 청부업자를 보내겠다는 전갈.

미치고 팔짝 뛸 일이었지만 김대철 사장이 할 수 있는 것은 아무것도 없었다.

뒤를 봐주던 조직들도 언론의 눈치를 보느라 앞으로 나서는 것을 꺼렸다.

"흑흑흑, 도사님! 저 좀 낫게 해주세요~"

김민석은 양 도사가 어떤 인물인지도 전혀 모르는 상황에서 할아버지에게 떼쓰듯 매달렸다.

"제가 낫게 되면 제일 먼저 그 새끼 다리를 자근자근 밟아 부숴 버릴 거예요. 그래서 평생 빌어먹게 해줄 거예요. 흑흑흑."

멀리 떠났던 조상이라도 돌아와 앉아 있는 듯 두 부자는 양 도사에게 고자질을 하느라 바빴다.

그러면서도 두 눈에는 원한을 가득 담고 줄기차게 어두운 기운들을 뿜어냈다.

"흐흐, 걱정 말거라. 내 귀한 시간을 쪼개서라도 내 그놈을 아주 제대로 조져 놓을 테니."

양 도사가 김씨 두 부자의 얘기를 들으며 고개를 끄덕

였다.

허연 수염을 쓱쓱 쓸어내리는 양 도사의 모습에 김대철은 그동안 꽁꽁 얼어 있던 마음이 조금이나 녹는 것을 느꼈다.

그리고 정말 양 도사가 자신을 대신해 강민을 손이라도 봐줄 것처럼 느껴졌다.

전혀 동요하지 않는 듯 고요한 양 도사의 눈빛이 매섭게 반짝였다.

그러나 그 눈빛의 밤하늘의 맑은 별빛이 가진 청정함과는 거리가 멀었다.

아주 깡촌 야바위꾼의 저질적인 눈동자에서나 볼 수 있을 법한 눈빛.

결코 이제 막 설악산해서 입산수도 하다 내려왔다는 큰 도사의 눈빛과는 거리가 멀어도 아주 멀어 보였다.

제4장
영혼이 자유로운 도사

마스터K

"하하하, 이렇게 발걸음을 해주셔서 감사합니다."

"민아, 섭하다~"

"그래, 우리가 이렇게 멀고 먼 사이였는 줄은 몰랐다~"

"그러게 말이에요. 이 큰누님 안 보고 싶었어?"

서운하다 말하는 장씨 아저씨와 강 여사 큰누님.

"피이, 학교에서도 보기 힘들어요. 얼마나 인기가 많은지 저도 얼굴 보기 힘들다니까요!"

세아 누나가 장씨 아저씨와 강 여사 큰누님의 말에 맞장구를 치며 나를 코너로 몰았다.

오전 중에는 예기치 않게 연습장에 나온 단비 덕에 유쾌한 시간을 보냈다.

훈련이란 게 본래 집중력을 요하는 것이라 힘이 들지만 오늘은 날아갈 듯 상쾌한 연습 시간이었다.

나를 위해 준비해 왔다던 단비 특허 허브차와 샌드위치.

연습을 마치고 이른 점심을 함께했다.

그리고 학교 앞에서 대기하고 있던 단비의 보디가드들에게 그녀를 보냈다.

역시 나는 북경루에서 보내준 차를 타고 이곳으로 왔다.

이제는 누가 뭐라 해도 강남 제일, 아니 대한민국 최고 명품 중화요리점으로 우뚝 선 북경루.

이미 인정을 받은 것이다.

오늘도 여전히 손님들이 바글바글했다.

내가 출근하기 한참 전부터 인산인해를 이루고 있던 북경루.

더 이상 나는 필요치 않아 보였다.

대충 봐도 완벽하게 호흡을 맞춰 돌아가는 주방팀.

내가 전해준 몇 가지 팁만으로도 주방에서 만들어낸 음식의 맛은 확 달라졌다.

당연히 찾아오는 손님들도 그 맛의 변화를 느꼈고 좋아했다.

얼마 되지 않았지만 북경루는 대한민국 중화요리 맛집 1위에 오르는 기염을 토했다.

"오빠······. 보고 싶었어요."

'헐.'

바쁜 와중에 일가족이 북경루를 찾았다.

한때 선산까지 잡혀먹고 쫓겨날 위기에 처했던 장씨 아저씨.

세라 일 등을 겪으면서 늘 어딘가 긴장돼 있었는데 예전 특유의 넉넉함을 다시 찾은 듯했다.

그리고 요즘도 강남 아줌마들과 비즈니스 차원에서 바쁠 큰누님도 더욱 완숙한 모습으로 나타났다.

거기에 언제 봐도 예쁜 세아 누나.

포근하고 따듯한 눈빛으로 나를 바라보았다.

"장세라! 어머어머 넌 웬일이니? 민이가 보고 싶었다고?"

한마디씩 나를 향해 던지는 말들 속에 슬쩍 섞어서 던지 세라의 안부 인사.

감정을 직설적으로 드러내자 옆에 있던 세아 누나가 호들갑을 떨었다.

그런 세아 누나에게 보이는 세라의 당당한 모습.

"왜 나는 보고 싶으면 안 돼? 민이 오빠는 오빠 맞잖아."

"와아! 세라 너 많이 뻔뻔해졌다. 민이를 언제부터 오빠

라고 불렀어? 키만 멀대같이 크고 웃음소리도 커서 밥맛이
라며?"

"어, 언니!!!"

여전히 물과 기름처럼 겉도는 두 자매 분.

현실의 고통이 뜨거운 화기처럼 치솟을 때는 언제 따로
놀았냐 싶게 섞이더니 다시 안정된 현실로 돌아왔는지 다
시 물과 기름이 되었다.

'많이 밝아졌네.'

이찬명이라는 자로 인해 한동안 괴로움의 나날을 보냈던
세아 누나.

얼굴의 그늘이 많이 사라졌다.

돈 있는 놈들의 뒤가 구리듯 깨끗하게 끝났다고는 생각
하지 않는다.

하지만 더 이상 세아 누나를 괴롭히지는 않을 것이다.

이제 그 대상이 나로 바뀌었을 테니까 말이다.

세라도 많이 명랑해져 있었다.

아주 확실하게 조져 놓은 강남 일진 짱.

텔레비전을 비롯해 각종 언론에 노출된 덕에 누가 다시
세라를 건들지는 못하고 있었다.

"뭐야? 장세라! 정말 나를 그렇게 말했단 말이야?"

"아, 아니. 오빠, 그게……."

"이거 실망인데. 난 세라를 정말 예쁘고 착한 동생으로 생각하고 있었는데~"

"히잉."

금세 얼굴이 붉어지며 울상이 되는 장세라.

'그새 또 큰 것 같네……'

도대체 요즘 애들은 뭘 먹고 이렇게 쑥쑥 크는 걸까.

세라는 얼마 전 봤을 때보다 좀 더 자라 있었다.

반쯤 꽃잎을 연 듯 무엇을 해도 예쁘고 생기발랄하게 느껴지는 나이.

조금만 더 자라면 슈퍼모델이라고 해도 믿을 만큼 날씬한 기럭지를 자랑했다.

그리고 특유의 귀엽고 신기한 매력을 소유한 외모.

자세히 보면 아직 어린 티가 나지만 슬쩍 스친다면 어엿한 한 여성으로 인식될 만큼 성숙함이 묻어났다.

항상 즐겨 입는 몸에 착 감기는 스니커즈 청바지.

언뜻 세아 누나보다 우월한 볼륨감을 자랑했다.

"민아! 마음에 들면 말만 해라. 고등학교 입학하면 바로 식 올려주마."

"아빠 저요! 저를 보내주세요! 민이랑 알콩달콩 잘살게요~! 호호호."

그 순간 손을 번쩍 드는 세아 누나.

"언니는 양심도 없어? 어디가면 할머니 소리 들을 나이에 민이 오빠를 노리는 게 말이 돼?"

세라가 세아 누나의 말을 치며 끼어들었다.

"호호, 양심이 밥 먹여주니?"

모르는 사람이 보면 정말 세아 누나가 나를 마음에 두고 있는 것으로 생각할 만한 멘트다.

"민이 같은 남자 없지~ 뭐 빠지는 게 있어야지. 호호호, 나는 아빠가 허락하시면 오케이야~"

"정말… 에휴."

어이없고 할 말을 잃었다는 듯 고개를 절레절레 저어 버리는 세라.

"호호, 나도 찬성이야. 민이 같은 듬직한 사윗감을 어디서 구하겠니."

'하아, 갈수록~'

강 여사 큰누님까지 장단을 맞췄다.

못 말리는 장씨 패밀리들.

선산 잡혀 사기 골프 치던 장씨 아저씨 버금가는 강 여사 큰누님.

나의 눈에는 가장 어린 세라가 그나마 정상적인 사람으로 보였다.

'…이분들도 당분간 못 보게 되겠군.'

언제 들이닥칠지 모르는 양 도사.

오늘을 넘기지 않고 장씨 아저씨 가족을 한자리에서 본 것만으로도 감사했다.

처음 아무것도 없는 나를 위해 기꺼이 넉넉한 한 끼를 대접해 주셨던 분들.

그리고 자신들이 겪고 있는 일들을 나이 어린 나에게 거리낌없이 털어놓았던 소탈한 가족들이었다.

분명 나와는 아주 많이 차원이 다른 생활을 했지만 단 한 번도 위화감을 느낀 적은 없었다.

세상천지 혼자뿐인 나를 한 식구처럼 받아준 분들.

그 마음 얻은 것만으로도 나의 반년 동안 누린 자유로운 삶은 의미가 있었다.

"모두… 그동안 고마웠습니다."

나도 모르게 인사가 진심으로 입술을 비집고 흘러나오고 말았다.

"뭐가~! 어? 민이 너 어디 가니?"

세아 누나가 평소처럼 웅대하다 괜히 한 번 더 짚었다.

여인의 직감이 발동한 것이다.

하지만 다른 가족들은 그다지 크게 생각하지 않는 눈치다.

"무슨 일 있으면 얘기하거라. 큰 도움은 못되지만 최대한

너를 돕고 싶구나."

장씨 아저씨가 정이 넘치는 목소리로 말했다.

아저씨의 눈빛에서 하고 있는 말이 진심임을 알 수 있었다.

"걱정거리 있니?"

역시 강 여사 큰누님의 자상한 마음씀씀이도 덩달아 엮여 나왔다.

어머니의 눈빛처럼 따듯한 눈빛.

"오빠 혹시 나 때문에……."

눈치코치 아직 모르는 착한 세라의 걱정스러운 목소리.

혹시 자신 때문일까 봐 미리 미안해하고 있었다.

"하하, 아닙니다. 오랜만에 봬서 인사한 겁니다."

나는 보통 때처럼 시원하게 한 번 웃으며 분위기를 바꿨다.

'흐흑, 저승사자보다 더 독한… 그런 분이 지척에 와 있습니다. 여러분 안녕…….'

학교에 대한 미련도 접었다.

그리고 내일 약속한 단비와의 데이트를 만끽한 후 곧장 이 땅을 뜰 것이다.

제시카 샘의 능력이라면 나 하나쯤 그날로 미국행 비행기에 태우는 건 일도 아닐 테니까 말이다.

"더 드시고 싶은 것 없으세요? 오늘은 제가 특별히 모시겠습니다."

사실 장씨 아저씨 덕분에 큰돈을 짱박아 두었다.

말 그대로 불로소득.

그쯤 되면 장씨 아저씨께 한 턱이 아니라 수십 턱을 쏴도 되는 입장이었다.

"고추잡채에 백주 한잔할까?"

"호호, 민아! 난 매콤한 사천 탕수육으로 부탁한다."

아저씨와 큰 누님은 평범한 메뉴를 선택했다.

"그럼 난……. 민이 정성이 가득 들어간 깐풍기~"

세아 누나가 큰 눈을 찡긋거리며 나와 눈을 맞췄다.

"세라는 뭐 먹을래?"

그리고 세라에게는 내가 먼저 물었다.

그것도 더없이 다정한 목소리로.

세라도 그렇게 느꼈으면 좋겠지만 말이다.

"저는……."

"물어보기는 뭘 물어보니. 저 나이 때는 짜장면 한 그릇이면 되지. 호호호."

"언니!"

"오케이~ 세라를 위해서는 주방장 특선 요리를 만들어줄게."

"어머~ 민이 너 차별하는 거야? 나도 해줘~"

세아 누나의 말에 인상을 쓰던 세라.

뒤이어 던진 나의 말에 금세 얼굴이 환해졌다.

대신 세아 누나의 표정이 새침하게 변해서 문제지만 말이다.

"알겠습니다~ 부족한 이 몸, 온 정성을 다해 코스 요리 제대로 한 번 돌려보겠나이다~"

"오냐~ 너의 정성을 갸륵하게 받겠노라."

나의 장난스러운 말투에 맞장구를 치며 세아 누나가 분위기를 맞춰 생글거렸다.

'하늘이시여~ 이 중생을 불쌍히 여기신다면 딱 이틀만 허락하여 주십시오. 제발 소원입니다.'

나는 마음속으로 하늘에 빌었다.

적어도 월요일 아침 작별할 시간은 갖고 싶었다.

여기 모인 장씨 아저씨 가족 말고도 예린이와 혁찬이.

그리고 반 친구들을 비롯해 차은지 선생님과 임 코치님.

이그래 선생님 등.

그 사이 인사를 나누고 헤어져야 할 사람들이 무수히 많아졌다.

적어도 사람이라면 최소한 오다가다 만난 사람에게도 싸가지있게 인사는 하고 떠나야 하는 법.

인생 살아가는 도리 아니겠는가.

부디 설악산의 어두운 그림자를 강남까지 끌고 내려왔다는 양 도사가 적어도 이틀은 버텨주길 바랐다.

그것도 아니라면 친히 양 도사의 발걸음이 나를 향할 때에 주지육림의 벼락이라도 하사해 주길 바랐다.

최대한 나를 목적하고 하산한 게 아니기를 바랐고 만나려거든 최후에나 나를 찾기를 바랐다.

띠링 띠링 띠링.

'엥? 이 시간에 웬 전화?'

앞에 있는 세아 누나가 친히 명의를 빌려주며 개통해 준 최신형 스마트 폰.

가끔 예린이와 혁찬이에게서 전화가 걸려오거나 문자가 왔다.

그게 전부였지만 말이다.

뭐, 요즘에는 세아 누나가 자주 애용하긴 했다.

또 거의 전화는 하지 않고 문자만 하는 단비.

뻔한 사람들만 가끔 하는 나의 전화가 요란스럽게 울렸다.

'뭐지?'

여기 있는 사람들을 제외하면 나에게 전화를 할 사람은 손가락에 꼽는다.

모르는 번호다.

그리고 팍 하고 머리를 스쳐가는 불길함.

스륵.

통화버튼을 밀고 전화기를 귀에 댔다.

"여보세요."

기본적인 전화 예절.

"……."

'누구야?'

그러나 상대편에서는 여전히 대답이 없다.

"누구십니까?"

불길하면서도 기분 나쁜 기운이 떨쳐지지 않았다.

"……."

그런 나와는 상관없이 침묵이 계속되고 있는 걸려온 전화.

"장난 전화하면 안 됩니다. 끊겠습니다."

워낙 쓰는 게 한정되어 있는 나의 스마트 폰에는 스팸 전화도 걸려오지 않았다.

"미, 민아……."

그때 희미하게 휴대폰 너머에서 들려온 목소리.

'응? 이 목소리는!'

"코치님?"

놀랍게도 임혁필 코치님 목소리였다.

"민… 아, 크악!"

"코치님!"

희미하게 들리던 임 코치님의 목소리가 갑자기 나의 이름을 부르는가 싶더니 처절한 비명 소리로 바뀌었다.

'뭐지!'

뭔가 잘못되고 있었다.

임혁필 코치님이 이 시간에 나에게 전화를 할 일이 없다.

데이트하기도 바쁘고 곧 다가올 대회 준비를 하느라 정신이 없을 건 불을 보듯 뻔한 일.

"크크……."

"여보세요! 너 누구야? 코치님께 무슨 짓을 한 거야!"

전화기에서 들려온 비릿한 웃음소리.

꼬여도 뭔가 제대로 꼬이고 있었다.

"강민 동무. 그렇게 소리 지르지 마시라요."

'동무?'

주변 사람들에게서는 들어보지 못한 낯선 말투.

정체불명의 인물이 임 코치님과 함께 있다.

텔레비전에서나 혹은 북한 사람들이나 쓰는 동무라는 말.

"당신 뭐야! 코치님 바꿔!!!"

임 코치님에게 위해를 가하고 있는 게 분명했다.

나를 노리는 자들.

내 주변 사람들을 하나둘 곤란하게 하고 있었다.

"허허허, 동무 성질머리가 급합네다그래? 누가 코치 동무를 어케 했음메?"

'이 새끼들은 또 뭐야!!'

전화기 너머에서 들리는 목소리, 그리고 기가 평범한 놈은 아니었다.

전혀 흔들림 없는 차분한 목소리를 대꾸해 왔다.

임 코치님을 납치한 것이라면 일이 좀 난처하게 돌아가게 된다.

그리고 목소리를 들어봐도 이런 짓을 한두 번 해본 자들이 아닌 건 분명하다.

'강남 깡패들? 그것도 아니면 누구?'

갑자기 모래를 뿌리는 듯 머리가 복잡해졌다.

반년이라는 시간은 결코 길지 않은 시간이다.

그 짧은 시간 동안 너무 많은 적들이 생겼다.

"미, 민아 경찰에 신고할까?"

"민, 민아."

전화 통화를 하는 분위기가 요상하자 금세 장씨 패밀리들이 술렁였다.

한번 경험이 있던 장씨 아저씨 가족들은 이미 얼굴색이 하얗게 변해 있었다.

보통 일반 시민들은 상상할 수도 없는 주먹 세계.

법 따위는 장난으로 치는 뿅망치 수준으로 인식하는 양아치들 때문에 세상의 한 귀퉁이는 혼란스러웠다.

"동무 잘 들으라우. 만약 짭새한테 연락하믄 코치 동무 저승행 특급열차 타는 기야. 그리고 에미나이도 함께 말이오."

"개새끼들……."

임 코치님만 붙들고 있는 게 아니었다.

서영 누나까지 함께 납치했다는 말.

'더러운 새끼들!'

해도 너무들 했다.

이가 바득바득 갈렸다.

나 하나를 죽이겠다고 주변 사람들에게 해코지하기 시작했다.

장씨 아저씨 가족들에 이어 임 코치님과 서영 누나까지.

내 주변 사람들을 건들면 어떻게 되는지 분명하게 가르쳐 주었건만 아직도 정신을 차리지 못한 자들.

"길게 말하지 안 캇시요. 문자 보낼 테니 그쪽으로 와서 면담 좀 합세다."

"알았다. 내가 갈 때까지 두 사람 손끝 하나 건들면……. 너희들은 내 손에 죽는다!"

"하하하. 용감한 동무, 맘에 들었음매. 내래 기다리갓어."

상대는 대놓고 뜨거운 비웃음을 터뜨렸다.

띠릭.

전화가 끊겼다.

띠링.

그리고 바로 이어지는 문자 수신 알림 음.

'밖에 나가면 차가 대기…….'

처음부터 계획한 납치다.

나를 잡기 위해 치밀한 계획하에 임 코치님과 서영 누나를 납치한 것이다.

나의 주변 모든 것을 이미 파악하고 있다.

'모조리 쓸어 쓰레기통에 처넣기 전에는… 새로운 인연은 만들지도 못하겠군.'

영화나 드라마에서나 등장하던 치졸한 깡패들의 행각.

나의 현실에서 벌어지고 있다.

이렇게 눈 뜨고 당할 수밖에 없는 게 분했다.

놈들 말처럼 경찰에 신고한다 한들 답은 없었다.

그러다 되레 두 사람이 다칠 수도 있는 상황.

내가 자신들 뜻대로 움직이지 않으면 실종자들처럼 그렇게 쥐도 새도 모르게 처리될 게 뻔했다.

"무슨 일인데 그러냐?"

장씨 아저씨가 눈빛에 걱정을 가득 담고 물었다.

"정히 복잡한 일이거든 경찰이나 검찰 쪽에 부탁을 해줄 수도 있다."

"민아, 그냥 여기 우리랑 있어!"

세아 누나가 살짝 몸을 떨며 나를 바라보았다.

"걱정 안 하셔도 돼요."

일단 안심을 시켜야 했다.

세라와의 일도 있었기 때문에 나에 대한 걱정이 클 수밖에 없을 것이다.

"어쩌죠. 오늘 꼭 맛있는 요리를 대접해 드리고 싶었는데… 다음에 기회가 되면 그때 꼭 해드릴게요."

이미 마음은 임혁필 코치님과 서영 누나에게 가 있었다.

평정심을 유지하기 위해 애썼지만 웃음은 나오지 않았다.

표정이 굳은 채 정중하게 고개를 숙여 보였다.

타다닥.

스스릉.

그리고 급하게 열린 문 밖으로 뛰었다.

"민아!"

"오빠!!!"

등 뒤에서 나를 부르는 걱정 가득한 목소리.

장씨 아저씨 가족도 소중하고 고마운 분들이었지만 그에 비할 수 없는 임 코치님.

'가만히 두지 않겠어!'

성질 같아서는 지금 당장 죽여 버리고 싶을 만큼 분노가 치밀었다.

이제 겨우 삶의 안정을 찾아가고 있는 임 코치님.

철든 김에 장가도 가고 남자답게 살아보려고 애쓰고 있는 분이었다.

그런 임 코치님을, 그것도 서영 누나와 함께 납치한 것이다.

손 하나 까딱했다가는 내가 어떻게 반응할지 나도 모르는 일이다.

머릿속이 하얗게 변하고 오로지 두 사람 모습만이 스냅 사진처럼 눈앞을 스쳤다.

그 상대가 누가 되었든 간에 이번에는 기필코 용서하지 않을 것이다.

"크아아아아아아아! 크아아아아아아아!"

"거참 새끼 시끄럽네. 이 정도 가지고 엄살은."

"사, 살려주세요!!!"

"보면 몰라? 살려주고 있잖아? 그리고 뚫린 것을 막는 것보다 막힌 것 뚫는 게 더 힘들어 이놈아!"

바닥에 깔려 있는 김민석.

입만 살았지 몸뚱이는 전혀 움직임이 없었다.

그런 김민석의 몸뚱이를 깔로 앉아 올라타고 있는 양 도사.

온몸을 떡 주무르듯 큼직한 손으로 여기저기 짚으며 말했다.

대저택에 들어오고 난 뒤 한 번도 손에 물을 묻히지 않았던 큰도사.

퍽퍽!

혈을 뚫는다면 허리와 다리를 주먹질하는 양 도사.

치료라고 보기에는 약간 이상해 보이는 행동을 간간이 보이고 있었다.

살짝 감정이 섞인 것처럼 보이기도 하는 양 도사의 행동.

"크아악! 크아아아악!"

"도, 도사님……."

양 도사의 궁둥이 밑에 깔린 채 찢어져라 비명을 질러대는 아들의 모습을 보며 김대철의 얼굴은 있는 대로 굳어졌다.

아무리 스스로 움직일 수 없는 몸뚱이라고는 하지만 감각은 보통 사람들보다 더 예민해져 있는 아들의 몸.

가슴이 찢어지는 듯한 괴로움이 김대철을 고통스럽게 했다.

종종 잘못된 종교에 대한 신앙으로 시사 프로그램들에 방영되곤 했던 내용들이 떠올랐다.

그러다 여럿 죽는다고 하던데 혹시 자신이 선택한 지금의 상황이 유사한 결과를 초래하는 것은 아닌지 걱정이 되기도 했다.

그런 생각이 잠깐 스치자 얼굴색이 사색이 되었다.

퍼퍽! 퍽퍽퍽!

양 도사와 아들의 모습을 바라보는 김대철의 마음을 아는지 모르는지 아랑곳하지 않고 치료를 계속하는 큰도사.

속이 녹아나든 말든 김민석의 몸을 샌드백 삼아 두들기고 있었다.

"오오! 탁기가 빠져 나오고 있습니다!"

옆에서 한마디도 하지 않고 바라보고 있던 최 도사가 입을 열었다.

거의 탄성에 가까운 흥분된 목소리.

"헛!"

김대철의 눈에도 보였다.

눈으로 확인하면서도 믿을 수 없는 광경.

아들이 입고 있던 옷 위로 스멀스멀 비치는 새카만 핏물.

두닥탁 투다다다닥.

더 빠르게 움직이는 양 도사의 손놀림.

퍽! 퍽!

그러는가 싶더니 갑자기 자리에서 일어나 아들의 몸을 발길질하기 시작했다.

다리와 등판 등을 사정없이 걷어찼다.

"크악! 크악! 아빠아아아아아아!!!"

더 이상의 고통은 없을 것 같은 처절한 비명을 질러대는 김민석.

뚝.

털썩.

"허어억!"

잠깐 온 집안에 비명 소리가 울리는가 싶더니 뚝 멈췄다.

숨을 내쉬지 못하고 정신줄을 놓아버린 것이다.

"미, 민석아!!!!!"

김대철은 온 집안이 떠나가라 아들의 이름을 불렀다.

"사장님! 무슨 일이십니까!"

타다다닥.

갑자기 터진 김대철 사장의 외침에 현관으로 뛰어든 조

직원들.

밖에서 대기하고 있다가 정신없이 좇아들어 온 것이다.

다산파가 자랑하는 행동 대원들.

그냥 봐도 인상들이 아주 봐줄 만했다.

퍽!

그때 양 도사가 김민석의 등판을 오른쪽 발로 강하게 찍어 내렸다.

"자식! 이제 좀 조용하네. 거 시끄러워서 정신이 혼란스러워서야!"

"도, 도사님! 어, 어떻게 된 것입니까? 도대체 우리 민석이가… 왜……."

아무 말 하지 않고 양 도사의 하는 양만 지켜보고 있던 김대철.

김민석이 정신줄을 놓고 철퍼덕 바닥에 얼굴이 떨어지니 눈빛에 이글이글 분이 가득했다.

"김 사장! 머리 나쁜 줄은 알았지만 완전 돌대가리일세. 기절했잖아."

전혀 당황스러움이라고는 찾아볼 수 없는 양 도사.

"누, 누가 치료를 해달라고 했지, 애를 이 지경으로 만들라고 했습니까!!"

눈에 그렁그렁 눈물이 찬 채 악에 받친 목소리로 따지는 김대철.

사지육신도 온전치 않은 아들의 모습이 처참해 보였다.

큰대자로 뻗어 옷매무새도 너덜너덜하게 헤쳐져 있는 아들.

큰도사에게 얻어맞아서 흘린 피인지 아니면 최 도사의 말대로 사기가 빠져나오면서 흘린 피인지 알 수 없었다.

"사장님! 말씀만 하십시오. 어떻게 할까요?"

현관으로 뛰쳐 들어온 다산파의 조직원들이 김대철에게 물었다.

저벅저벅.

신발도 벗지 않고 거실로 올라서는 떡대들.

"거참 초록은 동색이고 가재는 게 편이라더니 꼬라지들 하고는. 어이~ 최 도사! 물 한 바가지 가져오게."

"네~ 형님!"

정작 듣고 서 있는 조폭들도 기죽을 만큼 제대로 부르는 최 도사의 형님 소리.

타다다닥.

최 도사는 급하게 2층 화장실 쪽으로 달려갔다.

시커멓게 병풍처럼 서 있는 깡패들을 신경 쓰는 사람은 아무도 없었다.

"이 사기꾼 같은 노인네들!"

정신을 잃고 미동도 하지 않는 김민석 앞에서 이성을 잃어버린 김대철.

그간 꾹꾹 눌러두었던 본성을 드러내고 폭발해 버렸다.

"사기꾼?? 이건 명백한 명예훼손이네. 큰어른에게 저지를 큰 불경이지. 한 장 추가!!"

"……!!!"

주방 쪽에서 나오며 김대철을 향해 동요없이 말을 뱉는 최 도사.

당황하는 기색도 없이 김대철의 존재를 개무시하는 두 도사의 행동에 당황하는 것은 김대철.

그것도 한 장 추가라는 말에 뒤집어졌던 눈알이 번쩍 뜨였다.

"자, 형님 여기 가져왔습니다."

최 도사가 세련된 바가지 가득 물을 채워와 양 도사에게 건넸다.

"뿌려."

두말하지 않고 말을 내뱉은 양 도사.

"넵!"

그리고 대답하는 최 도사.

"무슨 짓이야!"

그 모습을 멍하니 지켜보고 있던 김대철은 한 장 추가는 그새 잊어버리고 버럭 소리를 질렀다.

　정신이 없는 아들의 몸 위에서 두 노인네가 하는 짓거리가 갈수록 가관이었다.

　그렇지 않아도 약해질 대로 약해진 아들에게 찬물을 끼얹으려는 것.

　"멈추라잖아, 이 영감탱이들!"

　막 커다란 바가지 물을 쏟으려는 최 도사.

　그것을 제지하려 몸을 달리는 떡대 좋은 조직원 한 명.

　픽!

　"컥!"

　콰다다당.

　순식간에 일이 벌어졌다.

　픽 소리 한 번에 몸을 날리던 떡대 좋은 조직원 한 명의 몸이 붕~ 뜨는가 싶더니 본래 서 있던 자리로 내팽개쳐졌다.

　"……!!!"

　"헛!"

　그럼에도 바가지에 담긴 물은 한 방울도 바닥에 떨어지지 않았다.

　상하체가 따로 움직이는 듯한 깔끔하고 귀신같은 발길질.

　"요즘 것들은 영 싸가지가 없어. 어른들 하는 일에 끼어드는 것도 모자라서 인사도 거르고 주먹질부터 해대니……. 쯧쯧쯧."

그 모양을 쳐다보던 양 도사가 혀를 찼다.

"정신 차려라 이놈아~"

촤아악.

쭉 뻗은 발로 덩치 좋은 깡패를 제압한 최 도사.

한 치의 머뭇거림도 없이 정신줄을 놓은 김민석의 얼굴 위로 찬물을 끼얹었다.

"으아아아!"

얼굴에 물이 쏟아지기 무섭게 정신을 번쩍 차린 김민석.

비명을 빽 지르며 자리에서 벌떡 일어나 앉았다.

"야~! 이 똘아이 영감탱이들아~!"

그리고 조금 전 자신의 몸뚱이 위에서 사정없이 두들겨 패던 양 도사를 향해 삿대질을 해댔다.

"어! 미, 민석아……."

방금 전까지만 하더라도 사지를 움직일 수 없었던 아들 김민석.

다른 사람의 도움 없이는 앉거나 서는 것도 가능하지 않았던 아들 녀석이었다.

꼬라지는 비 맞은 생쥐 꼴.

하지만 분명 혼자 벌떡 바닥에서 스프링처럼 튕겨 일어

나 앉았다.

그것도 병자였었다는 것을 믿을 수 없을 만큼 멀쩡하게 말이다.

"이런 싸가지가 깨진 쪽박만도 못한 놈 새끼 같으니라고! 영감탱이?"

목소리의 톤에는 거의 변화가 없는 상태에서 양 도사가 일갈을 내뱉었다.

"야 임마! 내가 첫사랑에만 실패를 안 했어도 너만 한 고손자가 있어 개놈의 새끼야!!"

아들도, 손자도, 증손자도 아닌 고손자.

버럭 호통을 쳤다.

"형님! 치료 수준이 완벽합니다."

최 도사도 눈으로 직접 보고도 놀라기는 마찬가지였다.

"최 도사! 끝났으면 일당 챙겨야지."

"넵! 형님!"

현관에서 쭈뼛거리며 서 있는 레알 조폭보다 더 리얼한 최 도사와 양 도사.

"김 사장! 어때 두 눈 뜨고 있었으니 잘 봤지?"

김대철 사장은 아들 옆에 바짝 붙어 고개만 쳐들고 최 도사를 올려다보았다.

"네? 네······."

"준비해 놓은 것 주게."

"아, 알겠습니다."

"최 도사!"

그때 양 도사가 뒷짐을 지고 최 도사와 김대철을 한 번씩 찍어 누르듯 쳐다보며 최 도사를 불렀다.

그리고 한마디.

"한 장 더! 계산은 깔끔해야 하는 법."

최 도사는 능글능글한 눈빛으로 양 도사와 눈빛을 교환하고 다시 김대철을 쳐다보았다.

"흐흐, 이미 잘 알고 있을 겁니다. 사람 목숨을 구한 값인데 가감이 있을 수 있겠습니까. 부정 타려고요~"

움찔.

부정 탄다는 말에 몸이 바르르 떨려오는 김대철 사장.

"아, 아빠. 제 몸이……."

정신을 차리자마자 삿대질부터 하느라 상황 파악이 안 됐던 김민석.

그제야 손가락을 뻗은 채로 몸의 움직임을 멈추고 김대철을 바라보았다.

그리고 자리를 털고 벌떡 일어났다.

저벅.

걸음을 한걸음 옮겼다.

"아!"

걸음을 옮기던 김민석은 외마디를 터뜨렸다.

"민, 민석아."

김민석의 상태가 걱정되는 듯 묻는 김대철 사장.

터더더더덕.

"으아아아아아! 아부지~ 나았어요! 다 나았어! 으아아아
아아아아아!"

김민석은 미친개처럼 거실을 뛰기 시작했다.

뼈가 없는 사람처럼 사지육신을 운신하지 못했던 김민석
이 그토록 기다리던 두 다리의 자유.

타닥 타닥 타다다닥.

정신 나간 놈처럼 사방을 뛰어 다녔다.

"애새끼 하고는……. 어이, 김 사장."

"네! 도사님……."

거렁뱅이 개발싸개인 줄로만 의심하던 두 영감에게 예의
를 다해 도사님이라 호칭하는 김대철.

속이 보이지 않아서 다행이었지 뻗었던 꼬리를 있는 대
로 말아 들였다.

도사들의 실력을 두 눈으로 확인한 이상 비굴해진다 해
도 상관없었다.

강자에게는 약하고 약자에게는 강자로 군림하는 게 김대

철 자신의 모습이니까 말이다.

"내가 한 말들 잘 명심해."

"아, 알겠습니다."

"그리고 웬만하면 애새끼 관리 좀 해. 괜히 젊은 혈기에 설치고 다니게 뒀다가 또 반병신 만들지 말고."

"……."

그 말에는 선뜻 대답하지 못하는 김대철.

사실 어렸을 때는 자신의 말도 잘 듣고 시키는 대로 고분고분했던 막내아들.

어느새 머리가 굵어지기 시작하면서 자신이 하는 말도 새겨듣지 않고 멋대로 행동하는 경향이 많았다.

"김 사장! 어서 내놓게. 큰도사님 바쁘신 몸이야!"

"여기 있습니다."

큰도사의 말이 마음에 걸렸지만 지금 당장은 몸이 회복된 막내아들을 바라보는 것만으로도 감사했다.

더 욕심을 내는 것은 시간이 좀 흐른 뒤여도 괜찮을 거라고 생각했다.

그리고 거실 소파 뒤쪽에 두었던 큼지막한 여행용 가방을 꺼내는 김대철.

"한 장은?"

"넉넉히 준비해 두었습니다."

"하하! 김 사장 통 커서 마음에 들어. 우리 종종 보자고."

챙겨야 할 것을 다 챙기고 난 뒤 대놓고 본색을 드러내는 계룡산 최 도사.

여러 정황을 다 생각해 보고 계산한 뒤 돈을 준비해 두었던 김대철.

최 도사는 그런 김대철 사장을 추켜세우며 또 볼 일이 있기를 바랐다.

"형님, 가시지요."

"그래, 가자! 오늘 그 녀석 일진이 아주 사납다."

"네? 그 녀석이라 하면……."

"거 있잖느냐. 설악산에서 내가 키우던 강아지 말이야."

"아! 그 녀석이요."

"세상 무서운 줄 모르고 아직 공부가 덜 됐거늘 뛰쳐나가더니 잘못하다가는 오늘 짱돌 제대로 맞게 생겼다."

"구해주시게요? 그런 녀석이라면 따끔하게 혼이 나야죠."

"아쉬워."

"네?"

"내가 아쉬워서 그래."

양 도사의 말을 최 도사는 이해할 수가 없었다.

세상천지 아쉬울 것 없이 사는 천하의 설악산 양 도사가 아쉽다니.

양 도사는 3년 동안 기르던 강아지가 너와집을 떠나고 나서야 알았다.

매일 그 녀석이 꼬리치며 재롱을 떨어주어 얼마나 넉넉한 마음으로 지냈었는지.

그 녀석에게 그 누가 아닌 자신이 길들여져 있었다는 것도.

"……."

최 도사는 입을 다물었다.

형님이라고 호칭하고 있긴 하지만 좀처럼 정체를 파악할 수 없는 설악산 양 도사.

그 넓고 깊은 산을 혼자 다 차지하고 도에 입문하는 다른 도사들은 접근도 하지 못하게 일체불허했다.

그야말로 독야청청 홀로 도사 양 도사였다.

그래도 최 도사의 눈에는 제자에 대한 애틋한(?) 애정을 여과없이 표현하는 것으로 보였다.

"어서 가자! 까딱하다가는 저승에서나 보게 생겼으니."

천기를 짚어내는 무서운 혜안을 소유한 설악산 양 도사.

"김 사장! 집 앞에 차도 많던데 하나 타고 가겠네."

"네? 아, 알겠습니다."

절대 안 된다고 거절 못하는 김대철.

천지를 창조하신 하나님이 예수님을 통해 일으켰던 기적

들 못지않은 기적이 눈앞에서 일어났다.

아들 녀석이 바닥에서 스프링처럼 일어나 앉던 모습을 두 눈으로 확인한 이상 두 손 두 발 다 들었다.

더욱이 현관에 서 있는 덩치 큰 떡대가 발길질 한 번에 쭉~ 날아가 뻗었다.

"최 도사! 면허증 있어?"

"하하, 형님! 영혼이 자유로운 도사에게 면허증이라니요."

"그렇지? 그래서 난 민증도 없어."

"역시 형님이십니다!"

"……."

누가 들어도 앞뒤가 전혀 맞지 않는 대화를 나누는 최 도사와 양 도사.

휘이이잉.

눈 뜨고 멍 하니 바라보는 사람들을 농락이라도 하듯 순식간에 눈앞에서 사라졌다.

바람만이 머리카락을 살짝 한 번 날렸을 뿐.

귀한 아들을 붙들고 선 김대철은 두 도사가 다녀간 것이 아니라 두 도둑놈이 다녀간 듯 기분이 묘했다.

제5장
나는 이제
어떻게 해야 하는가

"인천 애들이 움직였다고?"

"네! 심어 놓은 정보원 보고에 의하면 저희가 지켜보던 선착장 놈들이라고 합니다."

"그럼 대상은 역시 그 녀석인가?"

"예, 그렇습니다."

"어린놈이 계속 큰 사건만 치고 다니는군."

고급 집기들이 멀쩡하게 정돈 되어 있는 사무실.

깔끔한 하늘색 노타이셔츠에 회색 정장 바지를 받쳐 입은 한 남자가 보고를 받았다.

이영식 회장의 지시를 받고 강민의 뒤를 살피던 강남 사철파의 행동대장 강 부장.

밑에 애들을 시켜 알아보게 했다.

일을 보던 중 눈치챈 인천파의 수상한 움직임이 잡혔다고 보고를 해온 것이다.

강 부장은 어렸을 때부터 남다른 운동 신경과 집안에서 단련한 특수한 무술을 연마했다.

그 덕에 사철파 행동대장이 되는 것도 다른 조직원들처럼 어렵지는 않았다.

이런 강 부장도 인천 달수파는 솔직히 꺼려지는 상대였다.

한 번 찍었다 하면 갖은 수법을 다 동원해 끝장을 보고 마는 달수파.

굶주릴 대로 굶주린 하이에나 떼들과 전혀 다를 바가 없었다.

"어떻게 하시겠습니까?"

생각에 잠긴 듯한 강 부장의 명을 기다리는 조장 이 과장.

"뭘 어떻게 해. 애들 데리고 달수파 영역에 들어갈 생각은 하지 마라."

이영식 회장 말은 뒤를 조금 봐주라는 식의 말이었다.

적당한 선에서 커버를 해주는 역할만 하면 되었다.

"전쟁까지 불사할 필요는 없다. 회장님께서 말씀하신 건 그거야."

"그럼……."

"신고해."

"네?"

이 과장은 의아한 눈빛으로 강 부장을 바라보았다.

"경찰에 찔러줘. 그리고 이 과장이 아는 조국일보 기자 있잖아. 알려줘, 불세출 소년 영웅 강민을 인천 조폭들이 납치했다고."

"아!"

그제야 눈이 환해지는 듯 화색을 띠는 이 과장.

"일이 재미있어지겠군. 잘 하면 목구멍에 박힌 가시 같은 달수파를 이 기회에 정리할 수도 있겠어. 흐흐흐."

아무리 착하게 살려고 노력한다 해도 보통 시민들과는 다를 수밖에 없는 조직생활.

상대 파가 쓰러져야 어느 정도 평화가 유지되는 것은 어쩔 수 없는 사실.

그 사이에 한 명쯤 희생양이 제물로 받쳐지는 것쯤은 감수해야 한다.

아무 연관성이 없는 고삐리 한 명 정도라면 이건 최상의 수확이 아닐 수 없다.

"알겠습니다. 바로 처리하겠습니다."

"혹시 모르니까 직원들 좀 모아놔. 그리고 불똥이 튀면 다산파나 강동 애들이 움직일 수도 있으니 정보 계속 파악해."

"조치하겠습니다."

사철파의 조직원들은 대부분이 스스로 판단하고 움직이는 게 자연스러웠다.

한 가지로 여러 가지 루트를 스스로들 뚫고 적절하게 대응하는 것이다.

강 부장 역시 이 회장의 지시를 받고 움직였지만 적당한 것들은 본인 선에서 해결했다.

"강민……. 운이 좋으면 살아서 볼 수 있겠지."

달수파 쪽에서 숨겨놓은 비밀 병기들을 사철파가 모를 리 없었다.

정확하게 신상을 파악한 것은 아니지만 대충은 짐작을 하고 있는 바.

탈북한 북쪽 특수 부대원쯤 되는 것으로 알고 있다.

일반 조직들에서 훈련한 자들이 아니고 진짜 살인병기로 양성된 군 출신자들이라는 게 다르다는 점.

강민이란 녀석이 이번에는 빠져나가기 힘든 적수를 만난

것만은 확실했다.

  끼이익.

  "내려."

  '여기는⋯⋯.'

  뿌우우웅!

  <u>드르르르 드르르르르르.</u>

  짠 바다 냄새가 훅 끼쳐왔다.

  항구였다.

  북경루 밖으로 뛰어 나오자 바로 앞에 대기하고 있던 회색 승합차.

  검게 선팅이 돼 있어 밖에서 안이 전혀 보이지 않았다.

  그 차를 타고 한 시간가량 쉬지 않고 달려 도착한 곳.

  바다의 짠 공기가 물씬 풍겼다.

  야간 뱃고동 소리가 간간이 들리고 익숙하지 않은 기계음들이 들려왔다.

  밤이 되면 배가 정박하는 선착장쯤으로 생각되었다.

  끼릭.

  그그그극.

  최신형 승합차답게 문도 자동으로 열리고 닫혔다.

  휘이이이이잉.

비릿한 짠 냄새가 콧속으로 파고들었다.

젖은 바닷바람이 피부에 전해졌다.

스산한 분위기가 내륙과는 전혀 다른 느낌이다.

저벅.

부우웅.

내가 차에서 내리자 나를 싣고 왔던 승합차는 곧장 자리를 떴다.

오는 동안에도 한마디도 오가지 않았던 차 안에서의 시간.

갈 때도 역시 아무 말이 없었다.

"하하, 어서 오시라요~ 강민 동지~"

조명이 그 역할을 거의 하지 못하는 어두운 공간이었다.

컨테이너들을 하역하는 장소인 듯 군데군데 휑하게 넓은 곳이 존재했다.

꽤 거리를 두고 철망으로 울타리가 쳐져 있고 인적은 전혀 느껴지지 않았다.

그리고 50여 미터 정도 정면으로 곧장 바다가 보였다.

이 자리에서 나를 작업해서 바다에 처넣어도 그 누구도 알 수 없을 것 같았다.

자잘한 철근들을 쌓아놓은 더미 뒤에서 한 놈이 모습을 드러냈다.

쩨 거리가 되었다.

덩치는 크지 않았지만 빼빼 마른 체형임에도 짱짱한 기가 70여 미터 정도의 거리를 두고도 제대로 느껴졌다.

비릿하게 웃는 입술 밑으로 드러난 툭 튀어나온 덧니.

'정체가 뭐야 도대체!'

평범한 자가 아니라는 것은 이미 직감했다.

멀리 두고 마주하고 있음에도 기감으로 전해졌다.

고요한 듯하면서도 날이 바짝 서 있는 자.

여유를 보이고 있었지만 움직임 하나하나에서 모든 상황에 대비해 움직이고 있음을 볼 수 있었다.

남다른 침착성이 엿보이는 태도.

"긴말 할 것 없고! 코치님 어디 계셔!"

길게 말하고 싶지 않았다.

기만 소모될 뿐 농담하고 장난할 상황이 아님은 이미 서로 확인한 것이나 마찬가지.

"하하, 고 동무래 목청 한 번 기차 화통 같구만. 어이~ 동지들~ 손님들 모셔오라우."

그르륵.

찰싹찰싹 먼바다 일렁이는 소리만 주변에 들렸다.

순간 시끄러운 기계음이 조용한 소리들을 밀어냈다.

"······!!!"

그리고 나타난 육중한 덩치의 대형 코프레인.

"미, 민아……."

그때 희미하게 귓속을 파고드는 임 코치님의 가는 목소리.

허공에서 들려오는 소리 같았다.

나는 고개를 들었다.

고깃덩이 묶어놓은 듯 매달려 있었다.

약 5미터 높이까지 끌어올린 채 대롱대롱 밧줄에 엮여 흔들리고 있는 임 코치님과 서영 누나.

저항의 흔적인 듯 여기저기 찢겨진 옷과 얼굴 곳곳에 피멍이 보였다.

서영 누나의 상태도 좋지 않았다.

가벼운 여름옷들이 찢겨져 흉한 꼴로 매달려 있는 서영 누나.

'이런 개새끼들… 죽여 버리겠어!'

나는 불끈 두 주먹을 움켜쥐었다.

온몸이 파르르 떨려왔다.

도대체 어디서 어떻게 일들이 꼬여서 이런 상황까지 왔는지 도저히 이해할 수가 없었다.

바닥까지 가더라도 이런 식은 아니라고 생각했다.

아무리 어둠의 세계에 발을 들이고 산다고 해도 사람 목숨을 당구공 치듯 계속 엮는 것은 아니다.

납치를 밥 먹듯 하고 사람 죽이고 살리는 것을 멋대로 하는 자들.

어떻게 이런 자들을 법으로 해결할 수 있겠는가.

가능하지 않은 일인 것은 분명하다.

쳐 죽일 놈들은 쳐 죽이고 밟아 죽일 놈들은 밟아 죽여야 하는 것.

이 순간 내가 결정하고 선택한 방법이다.

눈에는 눈 이에는 이.

같은 인간이 될까 봐 참았을 뿐이다.

이제는 상관없다.

저런 자들에게 당해봐야 내가 죽는 것 아니면 저들은 길어봐야 몇 십 년 형을 살다 나오면 그만이다.

"코, 코치님 괜찮으세요! 서영 누나……."

나는 나를 먼저 건들지 않는 한 절대 해를 가하지 않는 사람이다.

분명 지금도 저들을 향해 해를 가하려고 하는 것이 아니다.

복수 따위도 꿈꾸지 않는다.

다만 인과율에 의한 행동만 개시할 뿐.

울컥 심장에서부터 울화가 치밀어 오르고 목소리가 떨

렸다.

나와 관련이 있다는 이유만으로 당하지 않아도 되는 일들을 당하고 있는 두 사람.

이건 아니었다.

인간으로서 최소한의 감정이라도 있다면 서영 누나를 저 꼴로 만들어서는 안 되었다.

인간까지는 바라지 않는다.

남자의 탈을 쓰고 두 발로 걷는 이상.

결혼을 눈앞에 둔 두 사람.

한 남자가 자신의 여인을 지켜주지 못했을 때의 심정은 아마 짐작하기 어려울 것이다.

굴비처럼 엮여 허공에 매달려 있는 자신의 여자를 어떻게 해줄 수 없는 임 코치님의 심정.

내 심장에서 느껴지는 분노 이상의 피눈물 섞인 악이 끓고 있을 것이다.

"…도망쳐……."

들릴 듯 말 듯한 온 힘을 다해 토해내는 듯한 한마디.

임 코치님이 겨우 눈을 맞추며 내뱉고 있었다.

주루룩.

저항도 힘이 남았을 때나 하고 희망도 실오라기만 한 가능성이 보일 때 품는 것이리라.

거의 모든 것을 포기한 듯한 눈빛이다.

얼마 전 보이던 삶에 대한 희망과 기쁨으로 가득 찼던 눈빛이 아니다.

울컥.

나는 입술을 우지끈 깨물었다.

임 코치님이 저 상황에 처한 것도, 서영 누나가 저 꼴이 된 것도 다 나 때문이었다.

받은 것을 갚지도 못했다.

돌려드려야 할 게 너무 많다.

아직 임 코치님과 계획한 것들을 시작도 못했다.

임 코치님의 도움이 없었다면 반년 동안의 나는 아직도 설악산 너와집 심부름하는 개로 남아 있었을 것이다.

한국 고등학교에 입학은 했을지 모르지만 원만한 학교생활은 꿈도 꾸지 못했을 것이다.

살아 있는 정을 나눠 주었던 임혁필 코치님.

그런 남자를 사랑했던 서영 누나.

이 순간 세상에서 가장 큰 죄인이 되어 있었다.

두 사람에게.

"호오, 이거 완전 신파극이구만. 눈물 나서 어디 눈 뜨고 보고 있갔어? 크크크."

처음부터 이런 깡패들은 사람으로 대하지 말았어야 했다.

인간이라는 호칭도 적당하지 않았다.

사람 목숨을 짐승 다루듯 하는 백정만도 못한 자들.

사람대접을 할 때부터 오산이었다.

"그래! 바라던 대로 해주겠어! 죽어서 일부라도 갚을 수 있는 기회를 주겠다고!!"

딱 좋았다.

잘근잘근 씹어서 물고기 밥으로 던져줄 생각도 있었다.

그래야 그간 지었던 죄를 조금이나마 씻을 수 있는 보시라도 하는 게 아니겠는가.

뜨겁게 타오르던 심장이 서늘하게 식어가는 게 느껴졌다.

감정을 앞세워서 해결되는 것은 아무것도 없다.

이런 때일수록 이성을 찾아야 한다.

지금 나는 인간을 상대하고 있는 것이 아니다.

저자들은 배가 고프지 않음에도 살아 있는 것들을 죽이는 살인마들.

그것을 즐기는 악의 종자들이다.

같은 하늘을 이고 살아서는 해로운 존재들이다.

"고래? 나를 생각해서 한 말이갔지? 어케 해야 하는 거네? 눈물이라도 흘리며 감사해야 하는 거네? 하하하하."

"기다려! 사지를 찢어 물고기 밥으로 던져줄 테니까!"

"기래? 그 말은 내가 할 소린데 말이디."

아직은 여유만만한 놈.

'한두 놈이 아니다.'

한 시간 거리의 바닷가 선착장이 있는 곳이면 인천이다.

왜 이곳까지 와야 했는지는 알 수 없다.

하지만 분명한 건 세라 일로 엮인 조직폭력배들의 보복일 가능성이 가장 크다.

'인천은 그 유명한 달수파가 점령한 곳이다.'

병원에 입원해 있을 때 아람 누나가 설명해 준 각 지역의 조직들 계보.

그때 기억으로 인천은 달수파 구역이다.

서울을 넘어 이제 여기서도 나를 노린다는 소리가 되었다.

강남이나 강동도 아닌 인천 조직들.

나를 노리고 있을 거라고는 상상도 하지 않았었다.

"달수파 두목이 시켰냐."

"낄낄……. 두목?"

'……'

나의 물음에 비웃음을 터뜨리는 자.

"다 나오라고 그래. 쥐새끼들처럼 숨어 있지 말고."

"호오, 눈치 깠나?"

'하나, 둘, 셋……. 넷.'

대충 짐작이 되는 기감은 넷.

'…이게 다가 아니야. 아주 미약한 살기가 나를 노리고 있어.'

확실하게 잡히는 무리 말고도 여럿이 더 있었다.

전혀 잡히지 않을 듯하면서도 미세하게 주변에 흐리고 있는 살기들.

이런 기운이 더 위험했다.

"와라."

까딱까딱.

가장 먼저 나는 정면으로 마주하고 서 있는 빼빼 마른 자를 향해 도전장을 던졌다.

"건방진 아새끼구만."

어차피 누군가 한 사람은 죽어야 끝나는 상황이 될 것이다.

통성명 따위는 저승문을 열고 들어가서 옥황상제 앞에서 나 하면 되었다.

기분이 나빴는지 인상을 찌푸렸다.

제대로 한 번 쓰레기 청소를 해볼 생각이었다.

인간적인 감정 따위는 지금 이 순간 아무 도움이 되지 않왔다.

시멘트 덩어리에 섞어 밤바다에 던져 버리고 시작해야 하는 오늘의 일.

"조장 동지, 그놈 주둥아리는 내가 맡겠시오."

"크크, 고럼 난 배따지를 쑤셔주갓써."

"내 몫도 남겨 놓으시라요."

저벅저벅.

사박사박.

내가 서 있는 곳을 중심으로 에워싸며 나타난 세 명의 남자.

'대검?'

희미하게 쏟아지는 가로등 불빛에 번뜩이는 빛.

'사시미 수준이 아니군!'

보통 조직원들이 쓰는 장비가 아니었다.

딱 봐도 군에서 사용하는 대검이 분명했다.

멀리서 봐도 두툼하고 묵직해 보인다.

번뜩번뜩 빛을 발하는 게 떨어지는 깃털이 내려앉으면서 베일 정도의 느낌이다.

"와라……."

스윽.

나는 내공을 끌어 올리며 자세를 잡았다.

놈들의 정체가 정확하게 어떻게 되는지 모르지만 평범한 자들이 아닌 것은 확실하다.

나를 포위하듯 거리를 좁혀 오는 자세에서 전문가 냄새가 맡아졌다.

'언젠가… 반드시 다 쓸어버릴 거야!'

골프계 쪽으로 미래의 방향을 정하지 않은 채 이런 일에 휘말렸다면 웅대한 나의 꿈이 되었을 것이다.

이런 쓰레기를 치우는 일에 일신을 던졌을 테니까 말이다.

하지만 언젠가 기회가 올 것이다.

양 도사만큼 기운을 다스리고 천지간의 우주력을 자유자재로 운용하게 되는 그날.

기필코 대한민국 조폭들 대청소 날로 하루를 정할 것이다.

아무리 해충이 기승을 부려도 포기하고 방치해 버리는 것보다 꾸준히 박멸해 가는 것이 중요한 법.

"곧 이승 하직할 아새끼래 폼은 그럴싸하구만기래."

"상황 파악이 안 될 만도 하디요."

"크크크크."

사삭 사삭.

놈들의 움직임이 빨라졌다.

동시에 순식간에 좁혀오는 거리.

'조금만 더 버티고 계세요!'

밧줄에 묶여 높은 곳에 매달리는 게 얼마나 큰 고통을 수반하는지 당해 보지 않은 사람은 모른다.

더욱이 서영 누나는 기절해 버린 상황.

시간이 없다.

터억!

자리를 박차고 앞으로 튀어 나갔다.

나의 손에 아무것도 들려있지 않았기 때문에 간단하게 처리하면 되는 상대로 생각할 것이다.

저자들의 뜻대로 되게 두지 않을 것이다.

한 놈 당 한 대씩 해서 끝내는 것으로.

한 방씩만 제대로 날리면 된다.

"저 새끼들 뭐야?"

달수파 관할 인천 선착장 입구.

달수파 조직원 40여 명이 선착장 주변에 차를 세워 두고 모여 있었다.

임달수의 명령으로 성가신 물건 하나 처리하기 위해 모인 상황.

개떼 같은 조직원들이 입구를 차로 막았다.

자칫 강민이 도망갈 구멍을 완벽하게 봉쇄하는 차원이었다.

거의 조직원들 말고는 출입을 하지 않는 관할 선착장에 검은색 외제 세단이 빠른 속도로 달려왔다.

타다다닥.

차 안에서 대기하고 있던 달수파의 행동 대원들.

우르르 차 안에서 튀어나왔다.

쇠파이프를 비롯해 사시미 등을 손에 들고 검은 울타리처럼 늘어섰다.

여차하면 염산 통에 처넣어 버리면 그만이었다.

끼이이이익.

입구를 막고 있는 여러 대의 봉고차 앞에 떡하니 멈춰서는 간 큰 대형 외제 승용차.

"누구십니까?!"

조직원들을 리드하는 행동원 중 조장이 앞으로 몇 걸음 나서며 물었다.

그것도 이 시각에 선착장으로 외제 세단을 몰고 들어올 만큼 간이 큰 자들은 주변에 없다.

혹시 모를 상황을 위해 마지막 확인절차가 필요했다.

조직의 중간보스 급 형님들일 수도 있는 일.

딸깍.

픽!

"컥!"

콰다당.

문 앞에 서 있던 조장이 몸을 피할 사이도 없이 거칠게 열리는 문.

그리고 동시에 몸뚱이를 가격당한 조장이 묵직한 비명을 토하며 튕겨져 나갔다.

"형님, 여기 맞습니까?"

"맞아."

"이 중생들 꼬락서니 보니 수상한 냄새가 나긴 납니다그려."

"흐흐, 맞다니까. 내 추적술은 깊은 설악산 산중에서도 피할 자가 없었어."

"대단하십니다……. 서울에서도 추적술이 통하다니……."

"최 도사도 도통해 봐. 그럼 알게 될 테니까."

"형님, 많은 가르침 부탁드립니다."

"……??"

조장이 튕겨나가고 열린 문으로 모습을 보인 두 사람.

중간 보스는커녕 아는 얼굴들도 아니었다.

거의 살면서 구경하기 힘든 복장의 두 사람.

그것도 노인네들이었다.

"이 미친 늙은이들이! 썅!"

형님이 문 앞에서 튕겨나가는 것을 본 행동 대원들.

모습을 보인 두 사람이 생판 처음 보는 노인네들인 것을 확인하자마자 인상을 쓰며 욕을 퍼부었다.

위아래 상하좌우 무시하고 조직과 상관없는 자들은 무조건 가차없었다.

걸리적거리면 반드시 손을 봐 다듬어 길을 내는 달수파.

성질 더럽고 독하기로 소문이 자자한 인천의 중소 조직들도 두 손을 들었다.

최단시간에 무식한 방법으로 정리에 들어갔던 달수파의 처리 방법 때문이었다.

"니들이 나 미치는 데 도움이라도 줬냐? 어디서 욕질이야!"

허연 수염까지 늘어뜨린 노인네의 한마디.

치렁치렁한 옷자락이 바닷바람에 펄럭였다.

"이 영감탱이가 뒈지려면 곱게 뒈질 것이지 여기가 어디라고……."

쉬익.

짜아악!

휘이이익.

콰다다다당.

마저 뒷말을 잇지 못하고 멈춘 달수파 행동 대원.

귀신같이 코앞까지 다가와 뺨 싸대기를 후려갈겼다.

그 바람에 3미터는 족히 튕겨져 나가 떨어졌다.

"크아아아아아악!"

시멘트 바닥에 내동댕이쳐지고 난 뒤에야 터지는 처절한 비명.

"쳐, 쳐라!"

"죽여 버려!!!"

우르르르르르.

앞으로 나섰던 조장이 얻어터지는 것을 보고 눈이 돌아가는 달수파의 행동 대원들.

"최 도사! 맡을 수 있지?"

"당연합니다. 이래뵈도 소싯적에 소림사 중들 하고 1대 108로 붙은 적도 있었습니다."

"이럼 이따 봄세!"

"넵! 형님!"

터엉!

"……!!"

"허, 허억!"

"나, 날았다……."

두 노인네 중 흰 수염을 쓸며 옷자락을 날리던 노인네가 바닥을 박찼다.

그리고 달수파 행동 대원들 몇 명의 머리통을 통통 밟더니 홀쩍 날았다.

눈앞에서 벌어진 영화의 한 장면을 연출한 노인네.

그 모습을 보던 달수파 행동 대원들은 그대로 돌처럼 굳은 채 날아가는 노인네의 뒷모습을 쳐다보고 서 있었다.

"야~ 아그들아, 슬슬 시작해 보자. 너희를 위해서 계룡산 신장님께서 오셨다!"

붕붕붕.

뒤에서 부르는 또 한 명의 노인네.

언제 주웠는지 손에 나무 막대기 하나 들고 붕붕 소리가 나도록 돌리고 있었다.

스스스스슷.

그런 노인네 주변으로 퍼져 나오는 알 수 없는 기운.

달수파 행동 대원들은 오금이 저리는 듯했다.

"고, 공격해!"

하지만 머릿수부터 다른데 뒤로 내뺄 수 없었다.

"으아아아아아아아아!"

거의 모든 조직원이 멘탈 붕괴 상태였지만 판단력을 상실할 만큼 비현실적인 상황과 맞닥뜨려 있었다.

그중 한 명이 노인네를 향해 공격하라고 말을 뱉었다.

"움하하하하하하!"

그때 남은 노인네가 광소를 터뜨렸다.

행동 대원들의 귓속을 웅웅 울리며 머릿속을 진동시키는 웃음소리였다.

그리고 시작되었다.

오다가다 스친 적도 없는 노인네 한 사람과 인천을 나와 바리 삼아 꿋꿋하게 살아온 달수파 행동 대원들의 인천 대첩.

퍼억!

"크아아아악!"

버버버벅.

"아악!"

조용한 인천 밤바다를 무대로 처절한 비명 소리와 함께 성대한 서막이 열리고 있었다.

쉬익.

사각!

팟!

'헛!'

소리도 없이 다가오는 대검의 기이한 각도.

합체격투를 수련한 듯 한 치의 오차도 없이 나를 압박해 왔다.

먼저 튀어 나가 선공을 날렸지만 빠르게 검을 써 몸을 방어하는 자들.

한 번의 격돌이 끝나자 비호처럼 달려와 나를 에워싸며 대검을 정면으로 쑤시거나 사선으로 그어왔다.

가까이에서 본 검의 길이는 크게 길지 않았다.

하지만 쓰는 자의 팔과 하나인 듯 기기묘묘하게 공격이 들어올 때는 방어가 쉽지 않았다.

등과 허리 쪽이 몸을 피하며 살짝 상했다.

베일 때는 몰랐지만 움직일 때마다 핏방울이 바닥에 떨어졌다.

쇄애앳.

급하게 왼쪽 발을 돌려 깊숙이 파고드는 자의 하체를 걸어찼다.

쉿!

하지만 발을 뻗는 동시에 다른 놈이 빈틈을 노리고 허리 쪽을 향해 대검을 쑤셔왔다.

'치사한 새끼들!'

그간 상대했던 자들과는 차원을 달리하고 있다.

아무리 다수라 해도 한 사람씩 쳐 가는 게 가능했다.

하지만 지금은 내 마음과 달리 뜻대로 되지 않았다.

다수가 공격해 옴에도 일말의 가책이나 인간성 따위는 기대할 수 없는 상황이다.

쇄앳!

나는 재빨리 뻗던 발을 거둬들였다.

그리고 다른 방향에서 찔러오는 자의 팔을 강하게 후려쳤다.

"……!!!"

빡!

대검을 찔러오던 자의 팔목을 가격한 강력한 일격.

'치사하고 더러운 자식들…….'

하지만 신음 따위는 들리지 않았다.

그런 비슷한 소리도 흘리지 않는 지독한 놈들.

아무리 그렇다 하더라도 나는 설악산 양 도사의 제자다.

내공을 써 자유자재로 힘의 강약을 조절할 수 있다.

이들이 공수합격에 능할지는 모르지만 나를 어쩌지는 못할 거라고 생각했다.

휙.

팔목이 덜렁거린다.

부러진 것이 분명하지만 전혀 겉으로 내색하지 않는다.

다른 쪽 손으로 검을 옮겨 잡았다.

어둠 속에서 그자의 눈빛이 일순간 빛났다.

이미 육체에 가해지는 고통 따위는 뛰어넘은 듯 맑지 않은 빛이다.

차라리 고통보다는 희열에 가득 찬 듯한 눈빛이다.

'약??!!'

약물에 취한 게 분명하다.

살인기계처럼 움직이는 자들은 분명 약물을 복용한 것이다.

그렇지 않고는 절대 신음 한 번 흘리지 않고 나를 대적할 수 없다.

쉬이이익.

슈우우웃!

그 틈에도 쉴 새 없이 나를 난도질하기 위에 찔러오는 대검들.

일격은 성공했지만 다시 반격할 기회를 잡는 게 마땅치 않았다.

'상황이 이렇게 된다면… 어쩔 수 없지!'

우우우웅.

내공을 극한으로 끌어 올렸다.

아직은 단 한 번도 실전에 써본 적이 없는 수법.

제대로 시전이 가능할지는 장담할 수 없다.

"탓!"

부웅.

짧은 기합과 함께 몸을 허공으로 띄었다.

"죽엇!"

"가라우 종간나 새끼!"

"개 샹!"

쒜애애애애앳.

지상으로부터 2미터 상공으로 몸을 띄우자 대검을 어둠을 뚫고 던지는 자들.

참았던 분노를 터뜨리는 듯 악 다물었던 입을 열었다.

'천뢰각!'

족발 사용하시기를 손 못지않게 했던 양 도사의 심심할 때 부리는 놀이.

그것도 무료한 일상을 털어내기 위해 창안했다는 발길질 무술 중 하나인 천뢰각.

일명 하늘의 벼락 발길질이라는 그럴싸한 명칭이 붙어 있는 기술이다.

하지만 사람을 해하는 데는 쓰지 않았다.

대부분이 멧돼지 잡아 육질을 부드럽게 하는 데 쓰느라 전수했던 무술.

파아아아아앙.

나의 몸이 허공에서 풍차처럼 돌았다.

동시에 발끝에 담기는 거대한 기의 흐름이 구를 만들었다.

캉!

그러면서 머리를 향해 날아오던 대검 하나를 후려쳐 튕겼다.

파강!

배 쪽을 향해 찌르고 들어오던 대검도 마찬가지로 튕겨냈다.

카아앙!

그리고 마지막으로 심장을 노려오던 대검을 힘껏 걷어찼다.

휘리리리리리링.

챙그랑. 챙챙.

"허억……."

"이게 무신……."

"으으."

거의 기겁하는 듯 신음을 흘리는 세 놈의 반응.

뻐어억!

그대로 하강하면서 팔이 부러진 채 검을 휘둘러 오는 자의 등판을 온힘을 다해 걷어찼다.

"크아아악!"

이제야 답답했던 나의 속이 뚫리는 듯 시원하게 터져 나오는 비명.

터억.

그리고 바닥에 가볍게 닿는 발.

"어이~ 동지들, 다른 재능은 없어?"

상황이 어느 정도 진정이 되는 게 보이자 입 밖으로 나오는 농담(?).

"……"

처음 기고만장하던 자세와는 달리 살짝 당황하는 눈빛을 보이는 네 명의 꼴통.

"남쪽에 와서 쌈질하려고 북쪽에서 그렇게 훈련을 받고 왔냐?"

자신들의 나라에서는 나름 엘리트였을 자들.

"조용히 수령님 모시고 살 것이지, 여기까지 칼질 자랑하러 왔냐? 너네 수령님이 그따위로 가르치디?"

"닥치라우!"

"이 반동 아새끼가!"

"아갈통을 조져 놓갔어!"

아직 상황 파악이 덜 된 자들.

합격술은 놀랄 만했지만 내공을 모르는 보통 사람들의

실력에 불과했다.

내 손에 막대기라도 하나 들렸었다면 이렇게까지 시간을 끌지 않아도 됐을 것이다.

"정신 차리라우! 여기는 댁네 조국이 아니메!"

강원도 산골에서 종종 들었던 북쪽 사투리.

나는 그들 말투를 흉내 내 그대로 돌려주었다.

씨익.

이제는 공수가 뒤바뀐 상태.

차가운 미소가 나의 입가에 번지는 게 느껴졌다.

놈들의 손에 검이 쥐어져 있지 않았다면 그야말로 한 따까리도 안 되는 상대였다.

저벅저벅.

천천히 놈들을 향해 다가갔다.

서둘러 처리하고 임 코치님과 서영 누나를 구해야 했다.

팟!

'웅!'

그 순간 예민한 나의 육감에 걸리는 또 다른 무엇.

빠르게 몸을 돌렸다.

탕!

촤아악!

화끈.

익숙지 않은 소음과 동시에 왼팔 안쪽에서 느껴지는 화끈한 그 무엇.

주루룩.

"큭!"

'초, 총!'

조금만 늦었어도 심장을 관통하고도 남았을 것이다.

심장과 왼팔 사이를 뚫고 지나간 것은 분명 총알이었다.

스치듯 뚫고 나간 총알 덕에 뜨거운 피가 흐르며 빠르게 소매를 적셨다.

"키키, 군관 동지가 나셨구만."

"초탄은 실패하였시요."

"아새끼 이제 정신이 바짝 들었네?"

누런 이를 드러내놓고 웃으며 나를 바라보고 있는 자.

'초, 총이라니…….'

머릿속이 하애지면서 정신이 아득해졌다.

대검 정도는 어떻게 방어할 수 있었다.

하지만 총은 상대할 수 없다.

차박차박.

숨어서 총을 겨눈 자가 저 멀리 어둠 속에서 모습을 드러냈다.

한쪽 손에 들려 있는 것은 분명 총.

북한군이 주로 사용하는 AK 소총이다.

"종간나. 움직이면 저기 있는 년놈들 머리통을 뚫어주갔어. 크크크."

보아하니 총 솜씨가 보통은 넘는 자다.

설악산에서 생활 당시에도 가끔 마주쳤던 특수 부대원들과 비슷한 분위기다.

'이자들 진짜 북한 군인이다!'

그제야 상황이 이해가 되었다.

달수파가 이들과 연관이 되어 있다.

하지만 과연 어떻게 끌어들였는지는 모른다.

상황이 난처하게 된 것만큼은 확실하다.

"움직이지 말라우."

쉬이익.

퍽!

"컥!"

총구를 허공에 매달려 있는 코치님과 서영 누나를 겨냥한 상황.

다른 어떤 행동을 취할 수 없는 입장에서 강하게 가해지는 등 쪽의 발길질.

뒤이어 쇠몽둥이로 후려치는 바람에 먹먹한 고통이 밀려왔다.

"감히 위대하신 수령 동지를 뭐라 했음매!"

"종간나 새끼 목을 따버리고 말갔어!"

쇄앳.

퍼어억!

연거푸 강한 주먹질이 옆구리에 가해졌다.

"커억."

털썩.

순간 힘이 풀리면서 그대로 무릎이 꺾여 버렸다.

어떤 행동도 취할 수 없는 빤한 현실에 눈물이 왈칵 쏟아지려 했다.

나 하나라면 어떤 수단을 써서라도 살 궁리를 내볼 수 있었다.

하지만 인질로 두 사람이 잡혀 있는 상황을 혼자 어떻게 해볼 수 없는 처지다.

왜 영화에서처럼 나를 돕기 위해 숨어서 따라올 사람도 나에게는 없다.

꼼짝 못하고 이대로 끝낼 수 없다는 생각뿐 취할 수 있는 게 아무것도 없었다.

"잘 가라우, 건방진 아새끼……."

"저 동무들도 같이 묻어줄 테니까. 걱정하지 말라우."

"히히, 저 여성 동무는 노력봉사 좀 시키자우요."

"당연한 말이지비. 죽기 전에 공화국 전사들에게 봉사를 하는 것도 좋은 일이지 않갔어."

차박차박.

총을 든 자가 약 10미터 앞까지 다가와 있었다.

"수령님을 욕보인 네 놈의 대갈통을 단박에 날려주겠다."

확연히 차이가 있는 말투.

뭉툭한 코에 사각형 턱이 보통 사람들처럼 보이는 군관 동지라 불리는 자.

스윽.

무릎을 꿇고 있는 나를 향해 총구를 겨누었다.

'내가 왜 이렇게 됐지……. 이대로 끝일 리가 없어!!'

나는 순간 당황스러웠다.

그리고 아무것도 할 수 없는 상황에 가슴이 답답해졌다.

단 한 번도 상상해 보지 않은 나의 마지막 모습.

결코 이런 모습은 아니었다.

그래도 3년 동안 양 도사에게 배운 바를 다 써먹어보지 못했다.

인생 전부를 털어도 17년밖에 되지 않았다.

죽기에는 너무 억울하다는 생각만이 스쳤다.

3년은 산중에서 고립되다시피 살았고 행복하게 웃으며

산 시간은 손에 꼽는다.

분명 뭔가 수가 있을 텐데 머릿속이 하얗게 변했다.

'아빠, 엄마… 도와주세요…….'

도저히 벗어날 길이 보이지 않은 이 순간.

지푸라기라도 잡아야 했다.

찾을 수 있는 존재는 돌아가신 부모님뿐 아무도 없었다.

이 순간을 벗어날 수만 있다면 설악산 3년 고생쯤은 열두 번도 더 할 수 있을 것 같은 마음이 들었다.

"잘 가라우……. 크크크."

귓가에 맴도는 비웃음.

파앗.

더 세밀하고 진득하게 강해지는 총구 끝의 살기.

쇄애애애애앳.

'…안 돼!'

그리고…….

뻐억!

"켁!"

"……??"

그때 불규칙적으로 들려온 파공음과 비명 소리.

나는 질끈 감았던 눈을 번쩍 떴다.

"허억……!"

하마터면 입 밖으로 쉴 새 없이 뛰던 심장이 툭 튀어나올 뻔했다.

"뭐 어쩌고 어째? 내 제자를 골로 보내겠다고?"

분명 두 눈에 보였다.

어디서 나타난 것인가.

감히 다시 뵙기를 주저할 만큼 기대하지 않았던 그 분이다.

"스, 스승님……."

진정 그러했다.

눈에 들어온 것은 맨발과 고무신.

높이 허공에 떠서 한 손에 고무신 한 짝을 들고 하늘하늘 옷자락을 날리고 있는 분.

신선이 따로 없었다.

파스스스스스스.

처음 뵜었던 그 날.

맑은 하늘 아래 햇살이 쏟아지던 날 새하얀 옷자락을 날리며 교정으로 들어서던 그때.

그때 보았던 휘황한 광채가 나의 눈에는 어두운 바닷가를 환히 밝힐 만큼 강렬하게 뿜어져 나오고 있었다.

"민아~"

한없이 다정한 목소리로 나의 이름을 부르는 스승님.

"네, 네!"

정체를 파악하기 힘든 격한 감정에 나도 모르게 튀어나온 힘찬 대답.

"집으로 가자. 이게 잘 지내는 것이냐!"

그래도 나의 안위를 챙기는 분은 산중에서나 속세에서나 스승님뿐인가 하는 감동의 물결이 밀려왔다.

"그리고 기대해라……. 양 도사의 제자라는 놈이 이깟 놈들에게 얻어터진 죄는……."

'허걱! 그러면 그렇지!'

감정의 노예가 되면 안 된다 했는데 순간 나약한 나의 감정에 금세 물이 들어버린 것.

그래도 목숨은 구했으니 감사할 수밖에.

씨이익.

세상에서 호환마마보다 더 두려운 스승님의 정체 모를 웃음이 입가에 번지는 것을 보았다.

부르르르.

세차게 전신에 번지는 온몸의 한기.

'나는 이제 어떻게 해야 하나…….'

방금 전 저승 문 앞에 꿇어앉아 있던 그 순간과 전혀 무게가 다르지 않은 난처함이 나를 사로잡았다.

그리고 머릿속에 꽂히는 한 가지 생각.

바로 설악산 개고생 108 훈련 코스.

머릿속이 온통 백지처럼 하얗게 변했다.

제6장
자유 투쟁기

마스터 K

마스터K

"…오늘은 조용하네."

차락차락.

정아람 기자는 손에 든 기사수첩을 거칠게 넘기며 살짝 인상을 썼다.

사회부 기자 정아람.

목에 걸고 있는 신분증 카드를 만지작거렸다.

신입 시절이 엊그제 같은데 벌써 입사 4년차에 접어들었다.

그래도 다른 동기들보다 빨리 성장한 케이스로 조국일보

사회부 소속 대리급 직책을 맡고 있다.

입사한 지 얼마 안 돼 운 좋게 특종을 잡아 엘리베이터를 타고 이 자리까지 온 것이나 진배없었다.

이후 지금까지 꾸준히 승승장구한 정아람.

학벌도 좋고 싹싹한 성격에 외모도 받쳐주어 이십대 후반의 능력 있는 여기자로 통했다.

과거와 달리 직급도 오르고 연차도 많아져 연봉도 대우가 좋았다.

그 덕에 사회부 기자답지 않은 센스를 한껏 발휘한 옷차림의 정아람.

무거웠던 옷을 벗고 한결 가벼워진 차림이다.

아직은 이른 3월의 봄.

보통 사람들은 소화하기 난해한 촌티의 극치 분홍색 블라우스에 까만색 정장 스커트를 받쳐 입었다.

그리고 정아람 하면 트레이드마크처럼 인식되는 무테안경.

그것도 한 달치 월급을 다 털어서 산 명품 브랜드의 안경.

"재미있는 일 없나? 이런 연예인 성폭력 사건 말고 말이야."

부장과 차장 선에서 하달 받은 요즘 이슈가 되고 있는 잘

나가는 남자 연예인들의 망신거리.

일반인들은 상상할 수 없는 기삿거리들이 많았다.

비밀이라고 말할 만한 것들도 기자들 사이에서는 흔한 정보처럼 오가는 일들.

언젠가 세상을 발칵 뒤집었던 Z파일 저리 가라 할 만한 연예계와 정치, 스포츠인들의 일탈 행위들.

일반인들과 별반 다를 게 없음에도 불구하고 연예인들이라는 특성상 사생활까지 낱낱이 까발려지고 있었다.

게다가 소속사나 정치 인맥이 딸리면 사건 무마는 고사하고 일파만파로 커지기 일쑤였다.

그런 기삿거리들은 정아람이 아니어도 구미 당겨 하는 기자들이 많았다.

입맛따라 다르게 편집되는 기삿거리에는 흥미가 없는 정아람.

마음만 먹는다면 한 달에 한두 건 터뜨리는 건 일도 아니었다.

하지만 세상 일이 그렇게 만만한 것도 아닌 건 잘 알고 있었다.

결정적 증거 없이 디밀었다가 망신살만 뻗친 동료들도 몇 되었다.

지금은 잘나가는 신문사에 몸담고 있는 기자였지만 사측

은 언제나 보수적 태도를 견지했다.

피 끓는 이십대 초반도 아니고 지금은 먹고살 길을 개척해 놓아야 하는 때인 만큼 정아람 역시 웬만한 비리는 눈감고 지나갔다.

어차피 넓은 그물처럼 엮인 것들은 사건이라고 터뜨려 봐야 누가 상을 주는 것도 아니었다.

"무료한 일상이군. 이런 때일수록 생각난단 말이야……."

벌써 3년 전 일이 되었다.

"강민, 도대체 어디로 사라진 거니……?"

이제는 이십대 후반 노처녀 소리를 들을 나이가 되어 가는 정아람.

미모는 여전했지만 젊음에서 느껴지는 생기는 확실히 줄었다.

점점 늘고 있는 눈가의 주름도 날이 갈수록 깊어졌다.

그러나 누가 뭐라 해도 마음만은 아직도 강민을 처음 만났을 때 그때와 전혀 달라지지 않았다.

갑작스럽게 모습을 감춘 강민 생각이 났다.

급하게 연락을 받고 인천부두로 갔던 정아람.

태어나 그렇게 난도질당한 사람들을 눈으로 본 것도 처음이었다.

거의 수십여 명에 달하는 사람이 팔다리가 부러진 채 널브러져 있었다.

사방에 피가 홍건한 것은 둘째 치고 겨우 목숨이 붙어 있던 사람들 천지였다.

지금도 떠올리면 몸에 한기가 서릴 만큼 처참했던 현장 상황.

무거운 무엇인가로 밀고 지나가 버린 듯 그 자리에 쓰러져 있던 사람들의 모습은 난리도 아니었다.

눈에 보이는 광경은 처참했지만 속은 시원했다.

국가 경찰도 감당하기 두려워했던 인천의 달수파.

세상에서 무서울 게 없었던 달수파 일당은 물불 가리지 않고 위협을 가하던 존재들이었다.

취재경쟁에 열을 올리던 선배들도 달수파와 관련이 있는 일들은 취재를 포기하기 일쑤였다.

그랬던 달수파 조직원들이 인천 선착장 자신들의 영역에서 그 꼴을 당한 것을 보고 당시 관할 형사들도 고개를 내저었다.

"도사? 그런 게 어디 있어! 하늘을 나는 신선이라니… 그게 말이 되냐고."

아직도 의문으로 남아 있는 그때의 일들.

목숨을 건진 몇몇 조직원으로부터 취재했던 당시 현장

사건의 전말.

인천 달수파를 그 모양으로 만든 것은 정체 모를 노인 두 명이라고 했다.

제대로 얻어터진 조폭들이 기억하는 것은 그뿐.

피도 눈물도 없던 한 도사와 하늘을 날던 신선 한 명이라고 했다.

당시 취재 내용으로 최 도사라 불리던 노인은 깡패들이 휘두르던 사시미도 튕겨내는 몸이었다.

게다가 한 번에 한 명씩 팔과 다리를 순식간에 부러뜨린 능력자.

더 말도 안 되는 것은 하늘을 둥둥 떠 자신들 앞을 지나 갔다던 신선에 대한 얘기.

한 사람의 말이 아니라 이구동성으로 같은 말들을 해댔지만 너무 신빙성이 없어 아무도 믿지 않았다.

본래는 한국 고등학교 골프부 코치를 납치한 사건.

그러나 기사는 조폭들 간의 심야 영역 싸움으로 단 몇 줄 처리되는 걸로 마무리되었다.

대신 간첩 사건이 크게 번져 한참 떠들썩하게 지면을 장식했다.

달수파 조직원 싸움 현장에서 남한에 잠입한 북한 특수부대원들이 발각되었던 것이다.

그들 역시 다른 조직원들처럼 같은 꼴로 팔다리가 너덜 거릴 정도로 망가져 있었지만 입을 다물고 열지 않았다.

나중에야 탈북자로 위장한 채 국내에 들어와 있던 간첩 임이 밝혀져 시끄러워졌다.

총기 사용 흔적으로 요인 암살 목적이 아니었는가 하는 추측이 난무했지만 끝까지 입을 열지 않아 간첩 활동에 관 한 기록은 찾지 못하고 끝이 났었다.

그리고 급물살을 타고 인천 달수파 조직들의 정리가 뒤 이어 이루어졌다.

하루아침에 인천 달수파 조직원들이 굴비 엮이듯 범죄단 체 구성혐의로 구속 입건되었다.

"참 독한 놈들이야."

하지만 달수파의 씨를 말린다는 것은 불가능한 일.

완벽하게 정리되지는 않았다.

실제 조직의 주요 인물들은 빠지고 중간 보스가 책임을 지고 구속되었다.

이 바닥에서 물 좀 먹었다 하는 사람들은 이미 알고 있는 일이었지만 더 입을 열지는 않았다.

사회부 기자의 양심 같은 것은 얇아진 월급봉투에 팔아 먹은 지 오래였다.

똥이 더러워서 피하던 시대는 지나고 진정 무서워 피하

는 시대인 것이다.

"스무 살 청년이 됐겠네. 하아, 얼마나 멋진 사람이 돼 있을까…….

아무리 잘난 척하는 사내들을 만나 봐도 강민만 한 사람을 아직 만나지 못했다.

바쁘기도 했지만 정아람은 타의가 아닌 자의적 선택에 의해 솔로 행진을 거듭하고 있었다.

오늘처럼 이런 시간이 생기면 정아람은 상상의 나래를 펼쳤다.

당시 남자로서는 뭔가 덜 익은(?) 듯했던 고삐리 소년 강민.

지금은 어엿한 스무 살 청년이 돼 있을 것이다.

게다가 그때의 모습을 그대로 갖고 있다면 세상을 휘저을 만큼 멋있어졌을 테고 말이다.

사방으로 수소문해 봤지만 그때 모습을 감춘 이후 강민은 그 어떤 누구에게도 연락을 하지 않고 있었다.

달수파 조직원들이 말했던 노인들이 신선이었는지 도사였는지 확인할 수 없었지만 그들과 연관된 실종이 아닌가 하는 짐작만 할 뿐이었다.

과거 강민이 설악산에서 수행했었다는 정보를 기초로 몇 번 찾아나서 보았지만 서울에서 김 서방 찾기였다.

그저 묵묵히 기다렸던 시간이 벌써 3년.

이 나이에 고등학생 소년을 그리워한다면 웃음거리가 될 것이다.

영계를 좋아한다며 변태 소리도 들을 것이다.

하지만 정아람은 아무래도 좋았다.

어설프게 찌질한 남자에게 인생을 맡기는 모험을 하느니 동화 속 왕자님을 꿈꾸며 그리워하는 게 나았다.

그러다 생을 마감하는 고결한 솔로가 되는 게 아름답다고 여겼다.

"와아! 오늘도 임혁필이 한 건 했네! 7언더파로 마경 오픈 대회 우승이야."

"하하, 그 친구 장가가더니 펄펄 날아."

"얼마 전에 쌍둥이 낳지 않았어?"

"맞습니다. 한 방에 두 타를 해결한 이란성 쌍둥이였죠?"

사무실 한쪽에 몰려 있던 스포츠 기자들이 탄성을 지르며 목소리를 높였다.

'누구는 위기를 기회로 인생 전환도 했는데… 부럽다.'

납치 사건이 전화위복이 되어 장가도 가고 아이도 얻은 임혁필 코치.

강민이 실종되던 그날 달수파 행동 대원들에게 납치되었던 당사자인 한국 고등학교 골프부 코치 임혁필.

당시는 결혼 전.

여자 친구와 달수파에 납치되었지만 두 사람의 납치 사건은 조용히 묻혔다.

탈북자 신분으로 가장한 간첩 사건이 더 크게 부각된 것이 가장 큰 이유.

그리고 한국 고등학교 동창회 쪽에서 나서서 조용히 처리하겠다고 주문했다는 소문이 돌기도 했다.

그 뒤 약간의 시간이 흐른 뒤 시작된 화려한 복귀.

비매너 골퍼로 출장정지를 먹었을 때 그대로 포기하지 않고 골프에만 매진한 듯 복귀하자마자 우승컵을 쥐었다.

그 얼마 뒤 결혼을 했고 오늘에 와서는 명실상부한 대한민국 남자 골퍼들 속에서 중추 역할을 하고 있다.

남 잘될 때 배 아파할 줄 아는 인간적인 정아람.

순수한 인간의 본성이 깨어나려 하고 있었다.

"정 기자 뭐해?!"

"노처녀 망중한을 즐기는 중입니다~"

"오~ 무슨 소리야~? 정 기자 정도면 골드 미스지~"

사회부 선배가 다가와 말을 건넸다.

과거와 달리 짬밥이 좀 돼 가는 정아람은 고개도 들지 않고 대답했다.

기자 세계도 다른 집단과 전혀 다르지 않았다.

나름 생존경쟁을 통해 자신들의 입지를 다녀야 하는 삶의 현장.

특종을 잡는 자와 못 잡는 자의 대우는 하늘과 땅 차이만큼이나 벌어졌다.

"강 선배님! 요즘 깡패들은 조용해요?"

괜히 정아람은 그쪽이 어떤지 궁금했다.

임혁필 사건도 그렇고 강민도 그렇고 모두 조직들과 연관이 되면서 정아람이 취재했던 사건들이었다.

"겉으로 보기에는 조용한데 사실 복잡해."

"네?"

"달수파가 요즘 좀 회복이 됐거든. 그러면서 부천파랑 손잡고 강남을 노리고 있어. 아마 조만간 뭔 사달이 나지 싶어."

"달수파 걔들은 귀신이 안 잡아간답니까?"

몇몇 조직들 중에서도 인천의 달수파가 가장 잔인하고 야비하기로 소문이 나 있었다.

빛과 어둠이 반반이듯 세상에 분명 그런 자들이 섞여 있게 마련일 것이다.

인류 역사상 그런 부류의 사람이 없었던 시대는 존재하지 않았을 테니까 말이다.

그래도 정도가 심한 달수파.

정아람은 자신도 모르게 강한 적개심이 일었다.

"귀신? 귀신같은 소리 하네. 아마 3년 전 쥐도 새도 모르게 달수파 물 먹인 그 노인네들이 다시 나타나는 게 더 낫겠지! 정말 신선이었는지도 모르고 말이야. 경찰은 물론 검찰도 몸을 사리는데 귀신이라고 몸 안 사리겠어?!"

선배는 거의 흥행했던 영화 한 편을 떠올리는 표정으로 3년 전 일을 회상하며 흥분했다.

"그런 비슷한 영웅이라도 한 명 나오면 모를까, 다들 목숨 부지하느라 눈치만 보는 실정이야."

아직 기억하고 있는 3년 전 사건.

'영웅…….'

영웅이라는 선배의 말에 자연스럽게 떠오른 얼굴.

'민이, 그 녀석이 대박이었는데…….'

스크린에서나 볼 수 있을 법한 외모에 천재적 두뇌와 운동 신경까지 고루 갖췄던 강민.

정아람 생각에 불의가 정의로 여겨지는 세상에 딱 출연하면 제격인 인물이었다.

고인 듯 조용하지만 결국 썩어가고 있는 사회 곳곳의 신경세포 같은 집단들.

그 속에 소속된 채 함께 쓸려가고 있는 각종 스트레스에 답답한 사람들 가슴을 뻥! 뚫어 줄 그런 영웅감이었다.

'민아……'

사실 무척 궁금하고 보고 싶은 얼굴이다.

남자를 떠나 많은 생각과 고민을 하게 했던 장본인.

짧은 시간이었지만 함께했던 시간들을 추억으로 간직하고 있었다.

오늘은 유난히 그 녀석이 그리워졌다.

영웅이라고 대서특필할 만한 인물도 없고 이슈화할 만한 잠재된 인물도 없는 요즘.

보기만 해도 기분까지 상쾌해지던 강민의 환한 웃는 얼굴이 몹시 보고 싶은 날이다.

그의 마치 귓가에 들리는 듯했다.

"도대체 저승사자 이하 귀신들은 뭐하는 거야! 사람이 갈 때 되면 가야 하는 거 아냐? 왜! 도 닦았다고 특혜를 팍팍 주냐고!!!"

사람이 극도의 스트레스를 받으면 간이 회까닥 뒤집어진다는 환장의 경지.

나는 주먹을 쥐고 부들부들 몸을 떨며 종종 애용하는 욕설 동굴에 대고 힘껏 악을 퍼부었다.

크기는 내 얼굴만큼 작지만 내부로 깊이를 알 수 없는 동굴.

그런 까닭에 그 안에 대고 뱉어낸 말들은 절대 밖으로 울려 나오지 않았다.

그래서 욕설을 퍼부어도 마음이 놓이는 유일한 곳이다.

오늘도 그냥 지나가지 못하고 업무 태만에 빠져 있는 저 승사자를 향해 욕설을 퍼부었다.

"염라대왕님도 너무 하셔!! 인간이 100년 살았으면 됐지 얼마나 더 살려둘 생각인 거야!!"

애꿎은 젊은 청춘이 꽃처럼 우수수 져도 눈 하나 깜짝하지 않는 세상.

앞길 창창한 그런 젊은 사람들이나 더 살게 해줄 일이지, 하직하고도 남았을 양 도사만 그 특혜를 누리고 살고 있는 것처럼 보였다.

"왜! 왜! 왜! 데려갈 때가 되면 데려가야지, 왜 도사에게 만 특혜를 주는 거냐구요~!"

두 눈알에 핏발이 섰다.

"크으, 하늘이시여!"

눌린 목구멍에서 흘러나오는 고통의 신음 한 줄기.

나는 목을 뒤로 꺾고 하늘을 올려다보았다.

한없이 불공평하고 부조리한 하늘을 향해 원망의 눈빛으로 째려보았다.

"벌써 3년이 흘렀다. 내 피 같은 3년이……."

주루룩.

뜨거운 눈물이 볼을 타고 흘러내렸다.

장마철 폭우를 맞았을 때 타고내리는 빗물처럼 굵고 진했다.

쓱쓱.

하지만 다시 삼켰다.

자존심은 아직 소리 내어 분을 터뜨리는 것을 허락하지 않았다.

나도 내가 한 말이 있기에 다시 삼켰다.

다시 얻은 자유로운 삶에 넣어 놓지 않았던 시간들.

계획에 없던 일이 내 인생을 좀먹고 있다.

청춘의 시간이 대책없이 흘러가 버리고 있었다.

목숨을 구해준 것 치고는 시간이 너무 많이 흘렀다.

처음에는 정말 멋있었다.

총기까지 설치고 있던 북한 특수부대원들도 영감의 행보를 보고 골로 갈 뻔했던 상황.

고무신을 암기로 사용해 총기를 들고 있던 자를 단숨에 제압해 버렸으니 말 다했지 않은가.

나도 내 눈을 의심했었던 순간.

설악산 양 도사가 산신령이 돼 눈앞에 나타났으니 말이다.

스승님이 허공에 둥둥 떠서 다니는 것을 처음 보았다.

웬만해서는 직접 눈으로 보기 힘든 스승님의 진정한 경지.

북한 특수부대원들이고 나발이고 덤비는 자들이 누구든 소용없었다.

달려드는 족족 장풍을 날려 한 방에 한 명씩 팔다리를 똑똑 분질렀다.

설악산을 주 무대로 하던 분이 느닷없이 나타나 한판 화려한 굿을 벌리던 그때.

목숨이 경각에 달려 있었던 나의 처지는 별것 아니라는 듯 상황은 어처구니없게 정리되었다.

일시에 똥파리들을 정리하고 나에게 다가와 의미를 알 수 없는 미소를 보였다.

그리고 찰나 가볍게 손을 휘둘렀고 나는 정신을 잃었다.

순식간에 혈도가 제압된 것.

그리고……

눈을 뜨고 정신을 차렸을 때는 이미 지옥에 와 있었다.

꿈에서도 다시 보기를 극구 거부했던 설악산 너와집.

하루아침에 천당에서 지옥행 급행열차에 탑승한 게 이런 기분이 아닐까.

그날 아침까지 따듯하고 뽀송뽀송한 한국 고등학교 기숙

사 내 방에서 눈을 떴었다.

그러나 다음 날 눈을 뜬 곳은 변변찮은 것도 하나 없는 너와집 단칸방.

이불 한 장도 온전한 것이 없는 그야말로 바람만 막아 놓은 너와집.

지옥에 감옥 효과까지 제대로인 곳에 다시 흘러 들어와 있었다.

문제는 그뿐만 아니었다.

먹는 것.

최고급 재료로 수준급 실력을 갖고 있는 아주머니들이 해주시던 따끈따끈하고 맛나던 음식은 구경도 못하게 된 것이다.

정신이 혼미한 상태에서 눈을 뜨자마자 머리통에 가해진 일격.

밥상 차리라는 호통과 함께 폭행이 가해졌다.

울컥 설움이 복받쳐 눈물이 쏟아졌다.

교과서에 나오는 구운몽이 완전 나의 현실과 맞아떨어지고 있었다.

하룻밤 꿈이었다면 덜 억울했을까.

절대 닥친 현실이 믿기지 않았던 그 순간.

한국 고등학교에서 나름 존경과 경외의 대상에 버금갔던

내가 또다시 설악산 너와집 머슴 신분이 돼 있었다.

그날로부터 3년이 흘렀건만 어제처럼 생생한 기억.

아침까지 잘 먹고 잘살던 양반집 자재가 역모에 휩쓸려 관노 처지가 된 심정이랄까.

아마 모르긴 몰라도 과거 그들의 처지가 처절한 나의 심정과 진배없었을 것이다.

'기다려라! 곧 내가 돌아갈 것이다! 크으으으……'

한국 고등학교만 생각하면 눈물이 앞을 가렸다.

이제는 가고 싶어도 갈 수 없는 나의 천국.

어느새 내 나이 스무 살.

학교에 돌아간다 해도 빠듯한 수가 없었다.

한 번 지나간 자장면만 돌아오지 않는 게 아니었다.

이 나이 먹고 이제 갓 입학한 고삐리들과 수업을 들을 수는 없었다.

그렇게 하기에 난 너무 늙었다.

'오! 나의 학창 시절이여! 진정 이제 안녕인가!'

어떻게 얻은 자유이자 축복이었던가.

부모님과 이별하고 난 후 보육원과 설악산 3년 고행을 빼고 나면 고작 몇 달 허락되었던 나의 학창 시절.

신에게 천일기도라도 드려 돌아갈 수만 있다면 시간을 되돌리고 싶었다.

'스승님, 결코! 용서치 않을 것입니다!'

총을 맞아 죽었으면 더 나았을까.

그렇지는 않다.

물론 목숨을 건져준 것은 백 번 감사하게 생각하고 있다.

그것으로 끝이었으면 얼마나 좋았겠는가.

평범한 나의 인생을 뒤흔들어 버렸으니 그 책임을 면키는 어려울 것이다.

그냥 목숨만 구해주었더라면 알아서 잘 먹고 잘살았을 나였다.

이도저도 아니었다 해도 분명 평범하면서도 치열하게 인생 즐길 것 즐기며 살고 있었을 것이다.

그러나 양 도사와 재회 후 180도 확 바뀌었다.

능력을 얻은 만큼 꿈은 꺼졌다.

지금은 맘 놓고 대한민국 거리를 활보할 수 없는 입장에 놓였다.

대놓고 조폭들의 제거 대상 1호가 되어 있었다.

물론 처음부터 세상에 나가지 않았다면 이런 일도 벌어지지 않았을 것이다.

그러나 사람의 탈을 쓰고 충분히 방어할 수 있는 힘이 있으면서 뒤로 빠져 있을 수는 없는 일.

'아직 기회는 남았다!'

고등학교 졸업은 못했지만 검정고시가 있다.

'대학이야!!'

맘만 먹는다면 못 갈 것도 없었다.

나 정도 실력이면 국내 대학 어디를 골라서든 갈 수 있었다.

하지만 그럴 마음은 없다.

아직도 눈에 불을 켜고 나를 찾고 잇을 조폭들과의 정리되지 않은 악연.

'조금만 참자! 조금만······.'

일말의 희망도 없다면 지금 당장 혀를 깨물고 자결하는 것이 차라리 나을 설악산 너와집 생활.

과거와는 비교도 할 수 없을 만큼 빡셌다.

조폭들에게 당하는 것을 눈으로 확인한 양 도사가 실시한 각종 특훈.

이건 말만 특훈이고 나를 더 강하게 만들어 주겠다는 것이지 고문이 따로 없었다.

새벽 3시에 기상해 밤 12시가 돼야 잠자리에 들 수 있었다.

물론 봄, 여름, 가을에는 동도 트기 전부터 일어나 산나물과 각종 약재들을 채집하러 너와집을 나서야 했다.

그것들로 돈을 사 양 도사의 호주머니를 두둑이 채우는

건 기본.

겨울 한철에는 사각 빤스 하나 걸치고 미친 듯이 설악산을 개처럼 뛰어다녔다.

겨우 반 년 나의 목줄을 놓아주었던 양 도사.

나를 괴롭히고 고통주기 위해 도를 닦은 듯했다.

겨우 몇 달 날 괴롭히지 못했음인데 그것이 한이 된 듯 잡아먹지 못해 안달이 난 양 도사.

수련을 빙자해 시시때때로 암기와 몽둥이를 날렸다.

어렸을 때와 달리 나뭇가지나 나뭇잎 수준에서 끝나지 않았다.

거의 비비탄 수준의 공격으로 작은 돌멩이들을 주워 날렸다.

그것도 정신줄 놓을 때마다 던졌으며 대련이라도 할 시에는 가차없이 몽둥이찜질을 가했다.

이유는 단 하나.

내로라하는 설악산 양 도사의 제자로 세상에 나가 개쪽을 당했다는 것.

계룡산 최 도사인지 마 도사인지 모를 그 영감님의 입김이 크게 작용하기도 했다.

그것도 명분이라고 내세워 교육을 빙자한 폭행이 가행되고 있었다.

3년씩이나.

돼지는 줄 알았다.

아무리 조폭들이 나를 노렸다 하지만 널널하게 지냈던 서울 생활.

단 이틀 만에 서울 생활은 까맣게 잊고 완벽하게 정신무장을 찾았지만 견디기 힘들었다.

한 번 제대로 맛본 금단의 사과.

온몸에 두드러기가 날 정도로 그립고 또 그리웠다.

'단비야… 세아 누나, 세라야… 예린아! 그리고 양호 샘~ 담임 샘~ 크아아아!!!'

하루에도 열두 번씩 번갈아가며 나의 정신을 혼미하게 했던 그들에 대한 그리움.

머릿속을 팍팍 지나가며 나의 영혼을 긁어댔다.

3년 전과는 사뭇 달라진 나.

오늘날에 와서는 완벽하게 법적으로도 남자 구실을 할 수 있는 면허(?)가 발급되었다.

평범한 사람들은 부모 허락 같은 것 받지 않고도 마음에 드는 여인과 한 살림 차릴 수 있는 라이센스를 획득한 것.

최소한의 양심은 있는지 주민등록증을 발급받는 것까지는 막지 않았던 양 도사.

민증을 수중에 넣긴 했어도 도주 따위는 꿈도 꾸지 못

했다.

설악산에 강제 입학한 지 며칠 만에 도주를 시도했지만 실패했다.

딱 걸린 것.

그리고…….

그날 개도 그렇게는 안 맞을 정도로 얻어터졌다.

물론 대련을 가장한 누가 봐도 합법적인 폭력이었다.

머릿속에서 수없는 별들이 윙윙거리며 돌았고 바닥에 널브러져 게거품을 물고 웩웩거릴 때까지 멈추지 않았다.

정말 뒈질 만큼 아팠다.

'살아도 산 게 아니야!'

이건 차라리 지옥이 천국과 다를 바가 없었다.

자유의지를 소유한 한 개인을 이토록 억압할 수 있는 21세기 노예상인 격인 양 도사.

3년이면 충분히 목숨 구해준 값은 치르고도 남음이었다.

갖은 약초와 나물 등 산에서 나는 것만 제공한 것도 아니었다.

작년부터 스멀스멀 시작된 너와집 리모델링 공사.

국립공원임을 알면서도 버젓이 붉은 벽돌집으로 개조를 하기 시작한 것이다.

그것도 개인 소유지도 아닌 곳에서 그런 간이 부을 대로

부은 짓을 하는 사람은 양 도사밖에 없었다.

고작 설악산 양 도사 제자로서 개쪽 당했다는 명분 하나를 내세워 별별 짓을 다 시켰다.

'북경루에서 짜장면 볶았을 때가 그립구나. 크으……'

세상일과는 일절 단절된 생활을 하고 있었다.

주민등록증 발급받던 날 이후 사람 구경은 꿈도 못 꾸었다.

양 도사는 사람 축에 넣지 않은 지 꽤 되었다.

정 아쉬울 때는 이렇게 동굴에 대고 욕을 퍼붓는 것으로 해소했다.

이런 상황에서도 미치지 않고 버틸 수 있는 이유는 오직 하나.

'탈출하고 말겠어! 반드시!!!'

꿈에서도 그리는 자유.

더 이상 착취와 폭행, 억압 속에서 젊은 청춘을 낭비할 수 없다는 간절한 바람.

기필코 찾아야 했다.

한국 고등학교에 재학 당시 맛보았던 세상 사는 재미, 볼거리, 환장할 것들.

나에게도 세상이 필요했고 세상에도 내가 필요했다.

삐리리~ 삐리리리리.

"헛!"

뜨겁게 결의를 불태우고 있을 때 허리춤에서 구형 2G 핸드폰 벨소리가 울렸다.

양 도사가 최근에 선물이라며 채워 준 21세기 족쇄.

발신은 불가하고 오직 수신만 가능한 최고 구형 핸드폰이다.

끼릭.

"예! 스승님!!"

세 번 울릴 때 무조건 받아야 한다.

한 번 더 울렸다가는 그날 밤 어떤 고초를 겪게 될지 뻔히 알기에 무조건 받아야 한다.

"어디냐?"

짧고 간단하면서도 사람의 뇌를 간보는 양 도사의 한마디.

"약초를 캐고 금방 하산하려는 중이었습니다."

오늘 할당된 목표를 채우고 잠시 욕설 동굴에 스트레스를 풀고 있었다.

어떻게 알았는지 나를 감시하는 듯한 양 도사.

귀신들도 형님으로 모실 만큼 신출귀몰했다.

고행은 사람을 발전하게 하는 묘한 힘이 있다.

뜻하지 않게 끌려 들어와 3년이 되었다.

그 3년간의 고행 끝에 최근에야 다다른 선천태극오행기공의 오성의 끝자락.

육성의 경지에 이르는 것은 쉽지 않았다.

양 도사의 말에 의하면 육성의 경지에 오르면 대한민국 내로라하는 도사들과 맞장을 뜰 수 있다고 했다.

한평생 정통 도술을 수련한 도사들도 끝자락으로 생각하는 경지를 선천태극오행기공은 겨우 육성에서 품고 있었다.

"밥 줘라."

그리고 이어지는 한마디.

경상도 출신처럼 참 말이 짧았다.

"넵! 바로 하산하겠습니다!"

입에서는 기계적으로 대답이 튀어나왔다.

개기면 맞는다.

어릴 때와 달리 지금은 조금도 나를 봐주지 않았다.

중삐리 나이 때와는 다른 차별(?).

옛 성현의 말씀처럼 매에는 장사가 없었다.

띠릭.

"와아, 진짜 더럽다……."

딱 두 마디 하고 매정하게 전화를 끊는 양 도사.

서울 나들이를 한 이후 사람이 확 바뀌었다.

몰래 로또라도 하다 당첨된 듯 돈을 물 쓰듯 쓰고 다녔
다.

수상한 기운이 느껴졌지만 물을 수 없었다.

지금까지 그래왔던 것처럼 양 도사도 절대 사실을 밝히
지 않기는 마찬가지.

후두두두둑.

끼아아~ 끼아아아~

머리 위를 무리 지어 날아가는 일단의 철새 무리가 눈에
들어왔다.

늦게 고향으로 출발한 듯 수십 마리의 새가 대형을 이루
고 힘차게 날갯짓을 했다.

"자식들… 니들이 부럽다."

날개 달린 짐승이 이 순간 그 무엇보다 부러웠다.

양 도사에게서 벗어날 수 있는 방법은 오직 하나뿐.

뛰는 것도 기는 것도 하물며 땅굴을 파는 것도 아니었다.

오로지 양 도사의 주파수가 미치지 않도록 날아서 이곳
을 벗어나는 방법밖에는 없었다.

"민아! 힘내자! 언젠가 그날이 오지 않겠냐!"

이를 악물고 버텨온 시간들이 이렇게 3년을 채웠다.

이대로 주저앉을 수는 없다.

자유는 스스로 쟁취했을 때 더 진가를 보이는 것들 중 단

연 으뜸.

통일보다 더 시급한 나의 자유 쟁취.

오늘 이 순간도 역시 현재진행형이다.

양 도사의 마수에서 벗어나는 그 순간까지 오직 생존과 뛸 수 있는 방법만이 나의 뇌리를 가득 채울 것이다.

세상과 담을 쌓고 이어지고 있는 설악산 고행.

미치지 않고 정신줄을 붙들고 있는 것이 기적이 아닐 수 없다.

제7장
탕수육과 키스의 상관관계

마스터K

화르르르르르르.

치이익 치이이익.

보글보글.

타다다다다다닥.

"멀었냐?"

"아닙니다! 다 됐습니다."

양 도사가 방에서 음식이 다 됐는지 물었다.

"호호호~ 형님께서는 저를 너무 모르신다~ 아주버님 바람 피는 걸 제 눈으로 봤다고 어떻게 말해요? 그래도 전 남자 친구 앞가림을 해줘야 예의 아닌가요?"

그리고 있는 대로 소리를 키워 놓은 텔레비전 드라마 속 여자들의 호들갑스러운 목소리들.

"하이고! 저 잡것을 봤나! 저것들은 옛날이나 지금이나 변한 게 없어? 에고, 세상이 저 꼬라지니 내 이래서 설악산에 콱 처박혀 도나 닦아야지."

'헐? 콱 처박혀? 저 자세가?'

말도 안 되는 소리를 혼자 중얼거리는 양 도사.

혼자 듣기 너무 어이없는 소리들이었다.

드드드 드드드드드드.

상당히 고가에 속하는 최신형 안마 의자에 몸을 푹 담그고 있는 폼이 도인은 아니었다.

그리고 무려 70인치나 되는 대형 LED 텔레비전을 앞에 놓고 드라마 속으로 빨려 들어가기 일보 직전의 폼이 아줌마 포스가 풍겼다.

아줌마들에게 끝장나게 인기있다는 불륜과 전쟁이라는 프로그램.

입에서 침을 꽉꽉 튀기며 흥분을 했다.

아마 청춘 시절 실패한 연애에 대한 반발심이 발동한 듯 여자라면 학을 떼었다.

그러면서도 몸매 빵빵한 여성들의 비키니 신만 나오면

두 눈이 풀리고 입이 헤벌쭉 벌어지기 일쑤.

누가 봐도 도사가 이러면 안 되는 것이었다.

거의 도사 아방궁 정도로 불려도 손색이 없을 건평 70평 대의 대저택.

과거의 너와집은 상상도 할 수 없었다.

산 이곳저곳에 박히고 굴러다니던 바위로 초석을 쌓고 매일 업어 나른 철골과 시멘트, 황토와 붉은 벽돌로 완성된 설악산 아방궁.

처음엔 리모델링 수준이었지만 거의 100퍼센트 다시 지 었다고 볼 수 있는 집.

짓다가 뒈지는 줄 알았다.

페이지수가 엄청난 건축학 개론과 최고 멋진 집짓기라는 책 몇 권.

설계도 한 장을 툭 하고 던지며 시작하라고 했던 때가 바로 어제 같다.

뻔뻔하기가 노망 든 미친 영감 못지않았다.

"다 짓기 전에는 하산 없다!"

말인즉, 집을 다 짓기 전에는 도망갈 꿈도 꾸지 말라는 경고였던 것이다.

그 말이 끝나기 무섭게 그날로 건축학 개론을 비롯해 나 머지 책들을 정복했다.

그리고 다음 날부터 바로 산 아래 공터에 쌓여 있던 각종 자재들을 트럭처럼 날랐다.

단순 노가다를 뛴다 해도 나 정도면 돈 백은 우습게 받고도 남을 정도로 일했다.

노가다 현장에서야 벽돌 수십 장이 전부일 수도 있었겠지만 특수 제작한 대형 지게를 써서 나는 한 번에 수백 장씩 날랐다.

그것도 평지는 꿈도 못 꾸었다.

대개가 험난한 설악산 골짜기들을 지나야 하는 길.

지붕에 올릴 소나무는 손수 골라 베어 일일이 대패질을 했다.

묵직한 철재들은 어깨에 메고 이를 악물고 운반했다.

'진짜 미친 짓이었어⋯⋯.'

지금 다시 하라고 하면 아마 앉은 자리에서 혀를 깨물고 자결을 하고 말 것이다.

인간으로서는 가능하지 않은 일들을 해 왔다.

지금 생각해도 맨 정신에는 불가능한 일들.

몸에는 과거와 달리 80킬로그램에 달하는 특수 제작한 쇳덩이를 매달았다.

지게에는 엄청난 양의 벽돌과 시멘트가 올려졌다.

그것을 달고 지고 걸음을 떼는 것은 인간으로서 가능한

일이 아니었다.

처음에는 내공을 사용해도 벅찼다.

아무리 내공이 받쳐준다 해도 육체의 한계와 내공의 응용력이 뒤따라 주지 않을 시에는 대형 사고로 이어질 수 있었다.

그러나 난 해냈다.

이를 악물고 선천태극기공을 운용하며 장생신선술의 여러 비법들을 사용해 무사히 건축물을 완성했다.

국립공원이었기에 허락 없이는 일체의 비닐하우스도 들어설 수 없는 장소에 떡하니 완성된 설악산 도사 별채.

이름도 거창했다.

하계에 머무는 신선의 거처라는 뜻의 하계신선루.

돌에 명명하게 새겨 넣은 현판이 집 앞에 떡하니 섰다.

'그래도 다행이야 전기 걱정은 없으니.'

큰 거실과 양 도사가 거주하는 서재 겸 큰 방 하나, 그리고 그저 그런 내가 기거할 방에 부엌이 전부인 건물.

바람 한 점 들어오지 않는 최고급 섀시에 대형 유리창까지 도시인들이 꿈꾸는 별장의 모습을 갖춘 하계신선루.

고생 끝에 낙이라고 나에게 편리함을 선사했다.

요즘 거지들도 침 뱉고 도망칠 수준의 너와집에서 탈바꿈한 새로운 거처였다.

튼튼한 벽돌과 통나무가 뼈골이 된 건물이라 겨울철 설악산 능선을 타고 부는 칼바람도 끄떡없었다.

전기는 지붕과 사방에 널려 있는 태양열 발전기로 충당했다.

고효율 대용량의 비싼 최신형 제품으로 설치해 한 달에 700킬로와트 정도 생산할 수 있는 조건을 갖추었다.

양 도사가 요즘 애용하는 안마기와 텔레비전, 대형 냉장고가 가동될 수 있는 이유도 여기 있었다.

게다가 부엌 시설도 최고급.

내가 직접 날라 설치한 대리석이 단연 돋보이는 부엌.

찬장도 넓었고 접시도 영국산 본차이나 제품과 이천 도자기가 주를 이뤘다.

잘나가는 사장님 별장도 부럽지 않을 만큼 웬만한 것은 다 갖춰져 있었다.

바닥은 황토 구들장으로 원적외선이 팍팍 방출돼 피로 회복에도 아주 그만이었다.

스르르륵.

궁중 프라이팬을 이용해 만들어 낸 탕수육.

매일 먹어야 직성이 풀린 듯 나를 하루도 빠뜨리지 않고 부려먹었다.

탕수육 재료는 모두 순수 자연산이었다.

요즘 자연계 최고 포식자로 군림하고 있는 멧돼지는 일주일에 한 마리씩 잡아재껴도 흔하게 눈에 띄었다.

영역 싸움이 치열하다 보니 한 마리 잡아 없애면 일주일이 채 가기도 전에 다른 놈이 와서 설쳤다.

잡은 멧돼지는 잘 손질해 차곡차곡 냉장고에 쟁였다.

앞다리와 뒷다리 살은 탕수육 재료로 최고.

갈비는 간장을 비롯해 각종 양념을 섞여 자박하게 간한 다음 돼지 갈비찜이나 구이로.

머리통은 푹 삶아서 넓적한 돌로 눌러 편육으로 먹었다.

이런 맛이라도 없었다면 진짜 정신줄을 놓고도 남았을 것이다.

미친놈처럼 설악산을 헤집고 다니다가 맛보는 돼지고기 한 점.

살아 있다는 생존의 증거이자 맛의 쾌감을 통해 미래에 맛볼 수 있는 욕망의 끄트머리를 놓지 않았다.

매일 그렇게 뼈 빠지게 종일 일을 하고 이 시간이면 여지없이 탕수육을 튀겼다.

대신 과거와 달리 재료비에 목숨을 걸거나 하지 않는 양도사.

창고에 독한 고량주를 수십 박스 쟁여 놓고 지낼 정도였으니 돈이 얼마나 많은지 짐작이 되지 않았다.

"오나라~ 오나라~"

끼릭.

한참 전에 유행이 지난 핸드폰 벨소리가 울렸다.

양 도사는 내 것과는 차원이 다른 최신형 스마트 폰을 사용했다.

그것도 화면이 서너 배 정도는 컸다.

"오오~ 최 도사! 무슨 일이야?"

다시 끌려 들어오던 3년 전부터 몇 차례 봤던 계룡산 최도사.

'도대체 무슨 사기를 치고 다니는 거야?'

과거와 달리 양 도사는 요즘 들어 각지에 있는 도사들과 연락이 잦았다.

무언가 제대로 세상맛을 알아 버린 듯한 태도.

하지만 꼬리를 잡을 수 없는 양 도사의 행적.

대신 예전과 달리 쾌쾌한 돈 냄새가 물씬 나는 것만은 숨길 수 없었다.

"월악산 김 도사? 그래? 사택에서 한 번 보자고?"

'월악산!'

잘 튀겨진 탕수육에 막 소스를 붓던 나의 손이 월악산이라는 말에 잠깐 그대로 멈췄다.

"대도협회 애들이? 날 왜?"

'대한 도사 협회… 기회다!'

지난 3년간 나를 무지막지하게 사정 보지 않고 교육했던 양 도사.

일체의 외출을 하지 않았다.

아니, 가끔 외출을 하긴 했지만 그때를 파악하지 못한 나에게는 소용없는 날.

내가 산 이곳저곳을 헤집고 다니며 약초를 캐느라 정신없을 시간에 볼일을 보고 다녔다.

시내에 나가는 일도 그런 시간들을 이용했다.

그러니 도망갈 타이밍을 찾는다는 것은 거의 불가능했던 지난 시간.

도주하다 발각이라도 되면 또다시 겪게 될 고초가 두려워 쉽게 행동으로 옮기지 못했다.

확실하지 않으면 섣불리 감행할 수 없게 했던 끔직한 경험이 아닐 수 없다.

초장에 한 번 걸려 맞았던 뼈저린(?) 추억.

주루룩.

전국 각지에서 이름을 떨치고 있는 도사들이 보내오는 유기농 사과와 배.

그리고 야생 꿀까지 첨가한 달달한 탕수육 소스.

모두 자연에서 구한 100퍼센트 무농약 재료들이라 처음

맛부터 끝 맛까지 향을 유지했다.

이곳 말고는 돈 주고도 맛볼 수 없는 것이었다.

나의 피와 땀, 그리고 눈물로 채취한 것들이 이 중 절반 이상이었다.

"뭐하러 날 보겠다고? 다들 각자 도를 닦으면 그만이지."

역시 한 번 튕기는 양 도사.

"선도 강연? 그럴 자격이 나에게 있기나 한가 모르겠군."

되도 않게 두 번씩이나 튕기는 사기꾼 도사.

하지만 뱉는 말과 달리 얼굴에는 흐뭇한 표정이 줄줄 흘렀다.

"성의를 준비했다고? 어이, 최 도사! 내가 그런 물질을 탐할 사람으로 보이는가? 나 설악산 양 도사야. 선계에서도 내 이름 석 자면 인정하는데 하계에서 무슨 영화를 보겠다고 어린애들 코 묻은 정성을 받겠나?"

이죽이죽.

달빛에서나 그 모습을 드러낸다는 달맞이꽃 같은 환한 빛이 양 도사의 얼굴에 번졌다.

어둠 속에서 슬며시 피어나는 저 사악한 양 도사의 본성을 아는 사람은 나밖에 없을 것이었다.

'선계에서 이름 석 자? 와아! 저 양반 이제는 선계까지 팔아먹네.'

질긴 목숨줄로 보아 선계와 뭔가 짝짝꿍이 있음은 확실했다.

그러니 이름 석 자 운운하면서 큰소리치겠지.

하지만 인정받는 경지까지는 아닌 것으로 생각됐다.

도 닦는 도인을 떠나 사람의 탈을 쓰고 저렇게까지 다중적 행태의 삶을 사는데 하늘이 있다면 그냥 봐 넘기지 않을 것이다.

도저히 이해 불가능, 아니 이해하고 싶지 않았다.

나는 어떤 형태로든 양 도사의 마수에 걸린 불쌍하고 순수한 영혼일 뿐.

"뭐, 정 그렇게 나를 청한다면 도를 닦는 도반으로서 인정 베풀어야지."

저쪽에서 내미는 조건이 만족스러운 듯 표정이 흐뭇했다.

고개를 끄덕이며 하는 수 없이 허락한다는 듯한 뉘앙스의 말을 건네는 양 도사의 따뜻한(?) 인간미가 엿보였다.

이런 상황을 한두 번 목격한 것이 아닌 내 입장에서는 볼 때마다 닭살이 돋았다.

절대 어떤 일이 있어도 나는 저리 되지는 말자고 수없이 다짐하며 그 순간을 넘겼다.

본인 인생 하나 저렇게 만드는 건 상관없었다.

하지만 나처럼 순수한 영혼의 소유자를 제자로 삼아 이

렇게 노예 부리듯 할 때에는 여러모로 손실이 컸다.

"그래, 알았네. 그 날 보도록 하지."

'하아! 그 날이 도대체 언제냔 말이야!'

역시 이번에도 결정적인 단서를 듣지 못했다.

정확하고 분명하게 알아야 움직일 수 있는 날짜.

축지법인지 뭔지를 쓰는 양 도사였기 때문에 월악산 정도의 거리라면 한 시간 안에 주파하고도 남았다.

직접 눈으로 확인한 적은 없지만 분명 시간을 계산해 볼때 날아서 다녀오는 것이 분명했다.

하늘을 날던 모습을 본 이상 양 도사의 입을 통해 나오는 말들에 대한 신빙성은 그만큼 높아진 게 사실이다.

입으로는 제자라고 말하면서 나에게까지 자신의 능력을 십분 감추고 사는 음흉하기 그지없는 설악산 양 도사.

"다 됐냐?"

전화를 끊고 나를 바라보며 웃음을 날리는 양 도사.

기분이 한층 좋아졌음이 확실했다.

"예, 스승님. 다 됐습니다."

전북 남원의 전통 칠기 장인이 직접 제작한 상 위에 탕수육이 먹음직스럽게 수북이 담긴 접시를 내려놓았다.

방금 튀긴 고기 양만 해도 무려 2킬로그램이다.

한 끼에 매번 세 근 이상의 고기를 먹어 치우는 고기귀신이었다.

"시장하구나."

띠딕.

드르르르르르르륵.

안마 의자의 스위치를 누르고 마지막 안마 여운을 즐기는 가증의 대가 모습이 따로 없다.

가끔씩 꿈을 꿀 때가 있는데 꼭 저런 얼굴로 나의 꿈을 엉망으로 만들었다.

한 번은 꿈에 저런 얼굴을 한 양 도사를 죽어라 두들겨 팼다.

하지만 지금은 그런 꿈도 꾸어지지 않았다.

어떻게 알기라도 했는지 그 꿈을 꾸고 난 다음 날 아침부터 빡센 훈련이 기다리고 있었다.

그 후 꿈에 얻어맞을 만한 얼굴로 나타나지 않은 내 꿈까지 통제하는 양 도사였다.

꺼진 불도 다시 확인하듯 그저 조심 또 조심했다.

"그런데 스승님, 한 가지 궁금한 게 있습니다."

"뭐가?"

조심스럽게 상을 들고 안마 의자 앞에 내려놓으며 양 도사를 바라보았다.

"스승님께서는 탕수육을 왜 그렇게 좋아하십니까?"

차마 도 닦는 양반이 어찌 육진의 번뇌와 같은 고기 처먹기를 끊지 못하느냐 묻지 못했다.

그러고도 어떻게 우화등선이 가능했는지 궁금했다.

나는 속내가 읽힐까 우려되어 눈빛을 살짝 피했다.

씨익.

나의 그런 모습을 쳐다보며 양반다리로 좌정하더니 누런 이를 드러내며 씩 웃는 선풍도골의 양 도사.

'저 모습만 보면 영락없는 도산데 말이야.'

사람은 기필코 외모가 전부가 아니라는 사실을 여실히 증명해 보이고 있는 스승 양 도사의 모습.

사기 처먹기 좋은 낯을 갖고 태어난 것도 복이라면 복일까.

완전 하늘 도사 얼굴 그 자체였다.

스타가 될 만한 연예인들의 몸에서 풍긴다는 자체 발광도 양 도사 앞에서는 무색할 정도.

환하게 켜진 야구장 조명 아래 20와트 전구 정도에 불과했다.

도사가 괜히 도사가 아닌 것도 이 때문일 것이다.

그것도 대한민국 명산 하나를 통째로 차지하고 대장 노릇을 일삼고 있지 않은가.

뻔뻔함과 폭력만 아니라면 진짜 존경 또 존경해 마지않

을 텐데 말이다.

"네가 아는지 모르겠다만……."

살짝 뜸을 들이는 양 도사의 어투.

계산해서 뭔가를 얘기할 때 나타나는 양 도사의 버릇이다.

"아둔한 제자가 스승님의 높으신 뜻을 어찌 알겠습니까. 저는 아무것도 모릅니다."

이 정도 되면 나를 방바닥보다 더 낮춰야 한다.

정해진 프로그램처럼 자연스럽게 나타나는 나의 행동.

이렇듯 겸손한 추임새를 취해야 다음 이야기를 들을 수 있었다.

"키스해 봤냐?"

"네? 키, 키스요???"

'이 양반이 지금 장난하시나!'

되도 않게 전혀 상황에 맞지 않는 질문을 하는 양 도사.

그냥 서울에 그대로 살게 두었다면 지금 내 나이에 키스를 하고도 남았음을 진정 모른단 말인가.

또 혈압이 오르려 했다.

주변에 만개했던 수없이 많았던 꽃 중의 꽃들.

나는 그 꽃 중 어느 꽃에도 제대로 빨대를 꽂아보지 못하고 이곳으로 차출되어 왔다.

지금 생각해도 눈물이 석 달 열흘을 흘리고도 남을 만큼 사무치게 치솟았다.

나의 화려했을 십대 후반의 추억을 한순간의 추억으로 토막 내 편집해 버린 양 도사.

"안 해봤냐?"

양 도사는 지그시 눈을 내려 감고 나를 간 보았다.

넘어가서는 안 되는 순간.

나의 본능이 대답을 잘하라고 신호를 보내왔다.

"안 해봤습니다. 스승님께 보인 바 청정계율을 수십 년 동안 실천하고 계시온데 어찌 제자가 불민하게 입을 놀릴 수 있었겠습니까."

무릎을 꿇고 앉아 눈을 똑바로 쳐다보며 나는 정색을 표했다.

절대 반년이란 시간 동안 꽃밭에서 생활했음을 발설하지 않았다.

타인들의 연애, 특히 남자들이 연애질하는 데 정신 파는 것을 가장 싫어하는 사람이 바로 양 도사였다.

남자로 태어나 도를 찾아나서지 않는다면 진정한 사내가 아니라는 요상한 논리를 갖고 있었다.

텔레비전에서도 잘나가는 남자들이 나오는 드라마는 멀쩡하게 보고 있다가도 욕을 퍼부었다.

그래서 그런지 가장 즐겨보는 프로는 화근을 조장하는

것들.

그중에서도 한 가정이 파탄 나는 것을 자주 그리는 불륜과 전쟁을 가장 즐겼다.

요부에 걸려 남자가 거지꼴이 되는 결말을 봐야 속이 뻥 뚫린다는 설악산 양 도사.

아무래도 좀팽이로 살다가 솔로 몽달귀신으로 간 혼령이 단단히 붙었음이 확실했다.

그렇지 않고서야 상관없는 사람들의 간접적인 삶에까지 질투심을 불태울 리 없지 않은가.

"그래? 안타까운지고. 첫 키스의 날카로운 추억은 다시 오지 못할 감동이거늘⋯⋯."

'아니, 탕수육 앞에 놓고 웬 첫 키스⋯⋯? 그게 무슨 상관이냐고.'

도저히 지금 이 순간 양 도사가 무슨 말을 하고 있는지 이해가 되지 않았다.

앞뒤가 전혀 맞지 않는 질문과 늘어놓는 말들.

"내가 소싯적에 인천에 놀러간 적이 있다. 항구가 개항이 되고 나서부터 무척 발달되던 요란한 시절이었지."

'도대체 그 소싯적은 구체적으로 언제를 말하는 거냐고요!'

항구가 개항이 되던 때라는 것은 도대체 언제를 말하는

것인가.

인천 개항 이후를 말하는 것일 테니 그 세월이 짐작이 되지 않았다.

"공화춘이라는 화교가 운영하는 중화요리점이었지. 달콤하고 고소한 기름 냄새가 코를 파고들어 침을 꿀떡꿀떡 넘기게 했지."

지난 세월을 거슬러 가는 듯 눈을 게슴츠레 뜨며 회상에 잠기는 양 도사.

대충 들어도 100년 정도는 거슬러가야 하는 이야기다.

"당시만 해도 중화요리점은 일류 멋쟁이나 부자들이 다니는 곳이었다. 너도 들은 적이 있을 두환이 하고 시라소니도 몇 번 공화춘에서 본 적 있어."

'오호~ 그 드라마에서 나온 사람들을 직접 봤다고? 오래 사니까 좋은 점도 있네.'

드라마와 영화에서 본 적이 있는 대한민국 최고의 전설적 조폭들.

지금 시절 연장을 들고 설치는 현대판 조폭들과는 질적으로 차원이 달랐던 신사 주먹쟁이라고 들었다.

그런 사람들과 짜장면집에서 마주쳤다는 양 도사.

제대로 전설의 고향 얘기가 따로 없었다.

'믿어도 되는 거야?!'

눈으로 확인한 것들만 믿기로 한 이상 믿음은 가지 않았다.

"최신식 축음기에서 흘러나오던 달달한 노래 소리가 있었지. 그리고 조청이나 꿀만큼이나 차원이 다른 달달한 맛이 일품인 탕수육 소스. 그때 기억에 그것은 천계의 천도복숭아보다 더 달콤했다."

'천계의 천도복숭아? 정말 그게 있긴 있는 거야?'

탕수육 소스 달달한 것을 모르는 사람이 어디 있다고 양 도사는 말도 길었다.

그보다 천도복숭아가 천계에 있다는 말인가?

한 번 먹으면 죽음을 잊고 살아도 될 만큼 장수한다는 하늘 신선들의 과일.

옥황상제가 특별히 관리할 정도로 신선들도 쉽게 맛볼 수 없는 환상 속의 복숭아였다.

양 도사의 얼굴 표정이나 말로 보아 진짜 맛을 본 듯했다.

"그 천, 천도복숭아를 드셔보셨습니까?"

"천도복숭아? 당연히 먹어봤지. 나 정도 도를 닦으면 신선계에서 가끔 초청장이 날아온단다."

'헐……'

떠걱!

아래턱이 빠지는 것 같은 느낌이 왔다.

믿어야 할지 말아야 할지 기준이 서지 않았다.

상식에서 항상 벗어나 있는 양 도사.

인물은 인물이었다.

"더군다나 그 맛난 탕수육을 맛볼 때 뭇사람들의 시선을 한 몸에 받는 양식 복장을 한 숙녀와 함께라면, 세상 부러울 것이 없었지."

'그래, 양 도사에게 여자가 빠지면 산해진미가 무슨 맛이겠어.'

상상이 되는 그 시절 양 도사의 행적들.

양 도사가 말하고 있는 대로 100년 전의 한국 최고 요리점을 상상해 보았다.

감정 이입이 되면서 마치 그 시절에 내가 있는 듯한 착각이 들었다.

"멀끔하게 양복 차려입고 백구두를 신고… 옆에 아름다운 여인까지 걸고 중화 요리점에 드나드는 것이 당시로는 더 이상 갈 곳 없는 데이트 코스였다."

양 도사는 마치 그런 시절을 직접 누리고 산 양반처럼 말하고 있었다.

지금도 유명한 중식당 같은 곳은 가격도 만만치 않다.

양 도사가 말하는 당시는 더했을 것이다.

또한 정장으로 쫙 빼입고 미모의 여성까지 동반할 정도

라면 잘나가도 꽤 잘나갔다는 뜻.

하지만 지금 시대에 그 코스대로 데이트를 했다가는 딱 모지리 소리를 들을 게 뻔하다.

말 그대로 격세지감이다.

"요리는 탕수육이 최고였다. 고소한 돼지기름에 튀긴 바삭한 탕수육에 달달한 소스, 계절에 나는 과일 몇 가지가 들어가면 아주 그만이었지. 양도 지금 시절과 달랐다. 네가 거기 튀겨놓은 정도는 되었지."

'와하! 이게 한 접시야? 말도 안 돼!!'

적어도 세 접시는 족히 나올 양을 튀겼다.

이게 한 접시였다고 뻥치는 양 도사.

어디까지 믿어야 하는지 도통 감이 잡히지 않는다.

이 역시 직접 보지 못했으니 신빙성은 떨어졌다.

그렇다고 안 믿을 수도 없는 일.

지금도 저기 골짜기 같은 곳에 사시는 어르신들은 쉽게 구경하지 못하는 탕수육.

그 세월이 100년 전으로 거슬러 올라간다면 말해 뭐하겠는가.

"사랑하는 여인과 최신 유행하던 불국의 샹송을 들으며 배불리 먹던 탕수육 한 접시… 정말 세상이 다 내 것 같았다."

다 늙어서 아련한 향수에 젖어드는 듯 눈을 지그시 감은 채 고개를 살짝 드는 양 도사.

거의 영화 한 장면의 회상신을 연출하고 있었다.

'푸하하! 그런 여자한테 배신당했다 이거네?'

말인즉 부친의 미곡상 쌀을 내다 팔아 불여우처럼 문어발 연애를 일삼던 여인과 탕수육을 사 먹었다는 말씀.

고로 아름다운 양 도사의 단 한 번뿐이었던 연애담인 것이다.

"첫 키스처럼 달콤하고 날카로운 추억이었다. 넌 어려서 아직 모르겠지만 남자의 자존심과 사회적 위상은 두툼한 지갑과 옆에 있는 여인의 미모에 따라 좌우되는 게 세상의 척도니라."

'흐흐! 백번 동감입니다!'

그건 남자라면 누구나 동감하는 바일 것이다.

돈 많고 눈 돌아갈 만한 미모의 여인을 연인으로 삼는 일은 인류 태초부터 쭉 변함없는 남자들의 로망 아니겠는가.

아무리 세상이 뒤집어져도 바뀌지 않는 당연한 진리.

배 튀어나오고 키 작은 남자들이 고급 승용차에 연예인 뺨 날릴 정도의 미모의 여성을 태울 수 있는 것.

이 역시 양 도사의 말대로 두툼한 지갑의 힘이 아니겠는가.

"그래서 스승님께서 탕수육을 즐겨 드시는 거군요……."

아름다운 여인과 함께 먹었던 맛난 탕수육을 잊지 못하는 양 도사.

어찌 되었든 백년 만에 양 도사의 인간다운 면을 접한 것 같아 마음은 흐뭇했다.

"아니."

"네?"

하지만 그건 내 생각.

"난 이 탕수육을 씹어 먹으며 그년을 생각한다. 감히 천하의 나를 희롱했던 불여우! 그 때 그 계집과 함께 먹었던 이 저주스러운 탕수육을 씹으며 다음 생에 만나면, 반드시 멋지게 연인으로 삼아 튀통수를 날릴 것이다! 결코 그날을 잊지 않기 위해 난 탕수육을 씹어 먹는 것이니라."

와작!

'컥!'

방금 전 지난 세월을 회상하던 그 아련한 눈빛이 아니다.

북풍한설이 몰아치는 방안의 기운.

양 도사의 눈빛에서 독한 원한의 기운이 풍겨 나오며 스멀스멀 방안을 채웠다.

100년이 지났다고 말하면서도 아직도 어제 일처럼 바르르 타오르는 울화의 기운.

'썩어도 열두 번은 썩어서 흙이 됐겠구만. 쯧쯧쯧. 다음 생에 나거든 절대 탕수육 먹자는 남자는 뒤도 돌아보지 마십시오.'

참으로 불쌍한 여인이 아닐 수 없다.

죽었어도 몇 십 년 전에는 이미 죽어 땅에 묻혔을 사람을 두고도 원한을 불태우고 있는 도사가 웬 말인가.

나는 속으로 그 얼굴도 모르는 양 도사의 옛 여인에게 불운을 피하길 바라며 환생을 기원했다.

지금이나 그 시절에나 여러 남자 만나보고 좋은 남자(?) 선택하는 것은 똑똑한 여인들의 몫이었던 듯싶다.

죽자고 좋다면서 살다가 애를 낳고도 이혼을 하네 마네 하는 것보다 뭔가 하나 확실한 목적이 있는 만남.

가장 충성도가 높고 성격이 원만하며 돈 잘 벌어올 만한 남자를 꿰차는 것도 나쁘지 않다는 생각이 들었다.

어차피 남자가 얼굴 보고 고르듯 여자도 남자의 능력을 보는 것일 테니까 말이다.

그런 면에서 선구자적 역할을 한 게 분명한 양 도사의 첫정 그분.

"따라라."

"넵!"

방 한쪽 구석에 박스째 쌓여 있는 고량주.

매일 물마시듯 마셔대도 끄떡없는 양 도사.

—부인에게 이혼의 귀책사유가 있습니다. 그렇기 때문에 이혼과 동시에 위자료로 남편에게 3천만 원을 지급할 것을 판결합니다.

"그래! 그래 그거야!! 좌우지간 바람피우는 것들은 사회에서 매장을 시켜버려야 해!! 왜 요사기를 부려서 젊은 남자 인생을 조져놔! 몹쓸 것들! 내가 뭘 잘못을 했다고!!"

불륜과 전쟁의 마지막 장면에 침을 튀기며 손가락질을 해대는 설악산 양 도사.

역시 자신의 씻을 수 없는 과거 상처와 결합되는 드라마 내용에 엄청난 분노를 보였다.

'에휴! 그럼 그렇지.'

도를 닦았다는 양반이 저렇게 저속한 드라마 내용에 속아서 분을 터뜨리다니 이해할 수가 없었다.

가히 100년 전 여인에게 채인 것일 텐데 그 한을 묵혀 100년 묵은 도사의 한으로 승화시키는 수준에 이르렀으니 그 너울거리는 분노의 기운이 놀라웠다.

그저 들리지 않게 한숨을 내쉬었다.

제발 속히 나에게 자유가 허락되기만을 바랬다.

하늘이 있다면 다시 한 번 그 위엄을 나에게 보여줄 것을 옥황상제님께 간곡히 빌었다.

끼릭.

콸콸콸.

중간 정도 되는 크기의 고량주 한 병을 땄다.

그리고 보기만 해도 시원한 스테인레스 대접에 콸콸 부었다.

"드십시오."

공손히 두 손으로 받쳐서 대접을 양 도사에게 내밀었다.

꿀꺽꿀꺽.

열이 올랐던 탓에 양 도사는 대접을 단숨에 들이켜 비웠다.

한때는 한 여인을 사랑했던 한 남자였을 양 도사.

'저게 무슨 흰 우유야?'

냉수 마시듯 한 입에 털어 넣고 대접을 비워버렸다.

"캬아~"

우적우적.

숨을 길게 한 번 뱉고 탕수육을 하나 집어 입에 넣고 강렬하게 씹었다.

속내를 들어서인지 맛있게 먹는 것처럼 보이기보다는 분을 풀고 있는 것처럼 여겨졌다.

저 맛난 탕수육을 더 맛있게 먹는 방법을 나름 터득한 듯했다.

'이제 탕수육만 봐도 신물이 난다. 우웩.'

북경루에서 주방 식구들을 향해 일장연설을 거침없이 했던 나였다.

음식이란 것은 어머니의 마음으로 하라고.

아무리 그 마음을 일으켜 해보려 했지만 한계에 부딪혔다.

탕수육을 대령해야 할 시간만 다가와도 빙빙 울렁증이 일고 어지러웠다.

이건 아니지 않는가.

임신한 것도 아닌데 탕수육을 씹어 먹는 양 도사의 입만 쳐다봐도 헛구역질이 올라오고 속이 울렁거렸다.

"조심해라."

"네?"

"다른 건 다 잊어버려도 여자에게 후림을 당하는 못난 놈이 돼서는 안 된다. 이 스승이 몸소 체득한 뼈저린 가르침 머리에 새기고 또 새겨야 할 것이야!"

"명심 또 명심하겠습니다."

"일봐라."

"저, 저도 저녁을 먹어야……."

"탕수육만 봐도 속이 울렁거린다는 놈이!? 냄새가 가득한 이 방에서 먹을 수 있겠느냐?"

"……!!!"

아닌 게 아니라 독심술을 체득한 게 분명했다.

지레짐작으로 맞혔다고 하기에는 깜짝깜짝 놀랄 때가 너무 많았다.

"가서 대충 물 말아먹고 연습해라! 내가 니 나이 때 배움을 시작했다면 벌써 육성의 경지에 오르고도 남았음이야~!"

아무리 그래도 그렇지 냉정하기가 저승사자만도 못했다.

바삭하고 따뜻한 멧돼지 탕수육으로 럭셔리 저녁을 먹고 있는 양 도사.

그러면서 나에게는 물 말아먹으라고 친절하게 방법까지 알려주는 고마운 스승님.

'스승의 은혜는… 정말…… 크으.'

분하고 원망스러운 마음이 하늘을 찔렀지만 역시 하늘은 눈물을 흘리지 않았다.

눈물샘을 비집고 눈물이 쏟아지려 했지만 이를 악물었다.

영웅은 과연 자신을 극복하는 자를 이르는 말.

나는 이런 나의 고통을 극복하고 말리라 마음을 다졌다.

모진 시련은 나를 좀 더 강한 사람으로 재탄생시키기 위한 하늘의 계획이라고 억지로라도 믿고 싶었다.

'세상아~ 기다려라! 내 이번에 기회를 봐 나가면 아주 뽕을 뽑고 말겠다!!!'

지난 세월에 묻어간 여인의 일로 탕수육을 씹으며 활화

산 같은 원한을 되씹던 양 도사.

아무리 그렇다 해도 내가 품은 설악산 탈출 의지에 비할
바가 못 됐다.

분명히 다시 돌아갈 속세.

나는 그곳에서 살아야 하는 사람이다.

"민아……."

시원한 바람이 스타 원룸 옥상을 훑고 불어왔다.

옥상 난간에 기대어 관악산을 바라보며 장세아가 낮은
목소리로 강민의 이름을 불렀다.

손에 든 최신형 갤마시 노트 3의 화면에 담긴 강민의 모습.

처음 이곳에 왔을 때처럼 그렇게 갑자기 모습을 감춰 버
린 강민.

골프부 코치의 납치 사건과 간첩, 인천 쪽 조직폭력배들
까지 연루되었던 사건이 있었던 날.

사라져 버렸다.

한바탕 세상을 떠들썩하게 하고도 남았을 일이지만 몇
가지 소문만 남긴 채 사그라져 버렸다.

간첩 사건만 크게 대두되고 강민과 골프부 코치 납치 건
은 유야무야 묻혀 버린 것이다.

한국 고등학교에서도 크게 반응을 보이지 않았다.

그게 이상했지만 교장 선생님은 자연스럽게 자퇴 처리되었다고 담임에게 통보했다.

그게 다였다.

"벌써… 3년이나 됐구나……."

올해로 스물여덟이 되는 장세아.

과거 십여 년 전만 하더라도 노처녀 소리를 들었을 나이지만 세상은 바뀔 만큼 바뀐 상황.

평소 요가와 운동을 겸해 신체 건강을 관리했고 피부 관리 역시 꾸준히 하고 있다.

덕분에 누가 봐도 이십대 초반 정도의 외모를 유지하고 있는 장세아.

피부의 탄력도 웬만한 여성들의 이십대 피부에 버금갔다.

지금은 원숙함까지 더해져 한층 그 미모가 빛을 발했다.

굵은 웨이브를 한 머리카락에 살짝 가려진 조금은 날카로운 턱선.

그리움이 가득 담긴 두 눈동자가 촉촉이 젖어들었다.

마치 멀리 떠나보낸 연인을 그리워하는 여인의 눈빛 그 자체였다.

"돌아오겠지……? 민아, 보고 싶다."

장씨 패밀리는 1년 전 다시 스타 원룸 자신들의 집으로 돌아왔다.

2년여 시간 동안 주변을 맴돌던 조폭들은 잠잠해졌다.

다시 돌아오면서 건물 주변으로 CCTV를 몇 대 더 설치했다.

거기에 중첩으로 보안 서비스를 더 신청했고 인근 경찰서에 요청해 순찰도 수시로 돌게 했다.

그리고 강민이 머물던 옥탑방은 그대로 비워 두었다.

온다 간다는 말도 없이 사라진 강민이었지만 가족 모두가 그를 그리워했다.

특별할 만큼 활달한 성격을 가졌던 강민.

그를 마주하고 있으면 그 어떤 누구도 입가에 미소를 지을 수 있었다.

묘한 매력으로 사람을 행복하게 하는 재주를 가졌던 강민이었다.

한국 고등학교 학생들도 그런 강민을 한동안 잊지 못해 패닉 상태에 빠져 혼란스러워했다.

분명 짧았지만 강렬했던 강민과의 생활.

그 여운은 이곳저곳에 많이 남아 있었다.

꿀꺽.

손에 들린 스마트폰 속 사진을 바라보며 남은 맥주 한 모금을 입안에 털어 넣었다.

와득.

그리고 빈 캔을 쥐어 살짝 구겼다.

괴로웠던 자신의 주변 일까지 처리해 주었던 강민.

이후 이찬명은 장세아를 괴롭히지 않았다.

대신 더 이상 남자를 믿지 못하게 된 결과를 초래했지만 더 이상 연애를 꿈꾸지도 않았다.

부모님을 통해 괜찮은 선 자리들이 줄을 이었지만 모두 거절했다.

이미 남자라면 강민 정도는 되어야 한다는 생각이 서 버린 장세아.

차라리 시집을 포기하고 혼자 사는 게 낫겠다고 여겼다.

부모님이 보유하고 있는 재산과 외모만을 보고 입이 헤벌쭉 벌어지는 남자들.

그런 사람들에게 더 이상 시간을 낭비하고 싶지도 흥미도 없었다.

지금쯤 어엿한 청년이 돼 있을 강민.

열일곱 살 소년의 티를 다 벗었을 것이다.

어떤 모습일지 잘 상상이 되지 않았지만 분명 멋있는 남자가 돼 있을 것만은 의심치 않았다.

또각또각.

그렇게 관악산 산자락을 훑고 불어오는 바람을 맞고 서 있던 장세아.

뒤에서 단정한 걸음걸이의 구두 발걸음 소리가 들려왔다.

'녀석······.'

"어, 언니."

난간에 서서 등을 보이고 서 있던 세아를 발견한 당황한 목소리.

"여기가 성지? 학교 끝났으면 집에 들어가서 손발 닦고 자야지. 성적도 하위권이면서 여유가 많으시네~ 사랑하는 동생께서."

"피이, 우리 학교 하위권은 하위권이 아니잖아."

장세아의 애정이 섞인 농담에 입술을 삐죽 내미는 장세라.

눈부시고 아름다웠다.

이름만 대면 다 아는 베라 황의 디자인이 품격있는 교복을 완성해 냈다.

세련된 체크무늬의 교복이 장세라의 완벽에 가까운 체형과 만나 눈길을 사로잡았다.

170을 살짝 넘는 늘씬한 체형.

제법 성숙한 여인의 향기가 물씬 풍겼다.

잘록한 허리 라인과 볼륨감 있는 바스트 라인.

차가워 보이는 전체적인 분위기와 새하얀 피부.

더 이상 중학생 장세라의 모습을 기억할 이유가 없었다.

이제는 어엿한 열아홉의 성숙한 여고생.

3년의 시간은 어린 소녀를 여인으로 변모시키기에 충분한 시간이었다.

만개를 꿈꾸는 꽃봉우리처럼 싱싱한 생동감이 장세라에게서 풍겼다.

탄력적이며 신선했다.

언니 장세아의 성숙함과 다른 발랄함이 느껴지는 장세라였다.

현재 스코어, 한국 고등학교 5대 미녀에 당당히 속해 있었다.

'민이가 준 선물이지.'

자칫 학교 폭력과 일진들의 희생양이 될 뻔한 세라를 구해준 강민.

세라에게 있어 강민은 옥탑방에 세 들어 살던 오빠를 넘어 우상이었다.

공부야 본래 잘하는 편이었던 세라였지만 한국 고등학교에 입학하기에는 조금 부족한 실력이었다.

그러나 강민이 사라진 후.

세라는 가족과 주변 사람이 보고 놀랄 만큼 달라졌다.

코피 쏟아져 가며 공부에 매달렸고 그 결과 당당히 한국 고등학교에 입학했다.

물론 한국 고등학교 내에서는 성적이 하위권이 분명했지

만 학교 자체 프리미엄 덕분에 어떤 대학교든 골라 갈 수
있었다.

"민이 생각나서 왔어?"

"…어."

중학교 때와 달리 마음을 감추지 않는 장세라.

장세아는 많은 변화를 겪은 세라를 부드러운 눈빛으로
바라보았다.

장세아는 세라를 바라보며 생각에 잠겼다.

자신도 세라만큼 나이가 어리고 또 순결하다면 결코 강
민을 그 누구에게도 포기하지 않았을 것이라고.

그러나 자신을 너무 잘 알고 있는 장세아.

"야반도주한 녀석이 뭐가 좋다고 그래. 차라리 널 우상으
로 떠받드는 한국 고등학교 남학생 팬클럽 중에서 골라봐!"

"그런 찌질이들한테는 관심없어."

"와아! 장세라 너 많이 컸다. 한국 고등학교 남학생들이
찌질이야?"

"응. 밥맛이야."

한 사람을 향한 외골수적인 성향을 넘어 집착을 보이는
장세라.

천하의 한국 고등학교 남학생들을 감히 찌질이 취급을
하는 경지에 올라 있었다.

"호호호, 역시 장세아 동생답다. 그래야지~ 여자든 남자든 한 사람만 찍고 봐야지. 엄마 아빠만 봐도 살다 보면 다 그게 그거지 싶더라~"

이왕 누군가와 살아야 한다면 멋진 놈과 사는 게 현명한 선택일 것이다.

입가에 미소를 베어 물었지만 자신의 과거를 생각할 때 아직 그 무엇도 시작하지 않은 세라가 부러웠다.

쓸쓸한 기분이 밀려드는 장세아의 표정.

"어제 꿈에서 봤어."

"누구? 민이를?"

"응, 산 같은 곳에서 수련 같은 걸 하고 있었어."

"정말? 그게 보여?"

"몰라. 그런데 정말 생생했어."

세라는 지난 밤 꿈을 떠올렸다.

위에는 옷을 입지 않은 채였다.

커다란 바위 위에 걸터앉아 태양빛을 받고 있었다.

"눈을 감고 있었는데… 정말 멋있었어……."

꿈속이었지만 실제 눈앞에 마주하고 있는 것처럼 멋있게 변해 있었다.

장세아의 눈에 꿈 얘기를 하고 있는 세라는 지난밤 꿈을 현실처럼 느끼고 있는 듯했다.

"그랬단 말이지? 산이라… 조만간 설악산 한 번 가야겠다."

"정말? 그럼 나도 가!"

"학생은 공부나 하세요."

"……."

"정말 민이를 만날 수도 있어. 그럼 네 소식 분명히 전해줄게. 천하의 장씨 집안 막내딸이 목 빼고 간절히 기다리고 있다고 말이야. 호호호."

"응, 부탁해."

불과 몇 개월 전만 같아도 불같이 화부터 냈을 장세라.

하지만 지금은 어엿한 숙녀 티가 나는 모습으로 장세아의 농담 섞인 말도 잘 받았다.

'기지배… 많이 좋아하는구나.'

장세아는 이 나이 먹어서까지 동생과 연적이 될 수는 없다고 생각했다.

아니, 솔직히 말하면 스스로 자격미달이라고 여겼다.

"나도 그런 예감이 든다. 민이가 우리 집에 왔을 때처럼 불현듯 찾아올 것 같은 그런 예감 말이야."

장세아는 고개를 돌려 다시 한 번 불 꺼진 옥탑방을 바라보았다.

낮은 목소리로 이름을 불러도 대답을 하며 튀어나올 것

같은 느낌.

그러나 분명히 비어 있는 방.

그 방의 주인이 돌아오지 않은 지 3년 째.

빈 옥탑을 서성이는 두 사람의 마음이 어둠 속에 흔들리는 가로등 불빛 같았다.

휘리리리리링.

어둠을 틈타 관악산에서부터 불어오는 저녁 바람이 더욱 두 사람의 마음을 흔들어 놓았다.

사라라라라락.

옥상 난간에 나란히 서서 어둠 속을 바라보는 두 사람의 머리카락이 바람에 흩날렸다.

어디로 숨어버린 건지 알 길 없는 한 사람의 소식을 기다리는 두 사람.

그녀들의 마음을 알 길 없는 시간이 무색하게 흘러가고 있었다.

꿈속에 보았던 그가 눈앞에 나타날지도 모른다는 상상을 하며 또 시간을 흘려보내고 있는 것이다.

제8장
저 신선 안 해요!

마스터K

마스터 K

파아아아아앗.

붉은 아침의 여명이 등 뒤에서 느껴졌다.

옷값도 아깝다고 여름과 겨울 딱 두 번 검정 추리닝이 지급되었다.

혹시 어디 걸려 찢어지기라도 할까 봐 거친 수행 중에는 상의는 거의 벗어 놓고 다녔다.

그리고 아침에 하는 운기행공 중에는 하의도 벗어놓고 속옷 한 장만 입고 했다.

오늘처럼 만물의 소생을 주관하는 태양이 강렬하게 떠오

르는 아침에는 해를 등지고 앉아 그 기운을 온전히 흡수했다.

선천태극오행기공 수련 중에는 해를 정면에 두고 기운을 받아서는 안 된다고 했다.

기가 뻗쳐 나가는 명문혈에 온전히 양의 기운을 담기 위해서라고 했다.

때문에 등판으로 태양의 기운을 흡수했다.

인간 태양열 흡수판이 되는 것이다.

'으크, 뜨겁다!'

현재 내가 이룬 경지 정도 되면 호흡에 집중하면서도 간간이 다른 생각의 흐름을 읽을 수 있게 된다.

잡념에 사로잡혀 정신이 흐트러지는 것이 아니라 선택적 사념을 일으켜 그에 집중하는 것을 일부 허용하는 것이다.

몸의 흐름과 생각의 일어나고 사라짐을 스스로 컨트롤할 수 있는 것이다.

스스스스슷.

충분히 익숙해진 만큼 완숙한 수련의 경지를 완성해 가고 있었다.

맑은 태양의 정기를 온전하게 흡수할 수 있는 것도 다 기본을 잘 다지고 왔기 때문에 가능했다.

"후우우……."

고요한 호흡을 통해 소행하는 대자연의 기를 폐부 깊숙이까지 받아들였다.

휘리리릭 휘리리릭.

단전과 사지백해에 담겨 있던 내공과 본원진기가 등에 느껴졌다.

그리고 명문혈에 전달되는 양의 기운과 자연스럽게 섞였다.

우르르르르릉.

한곳으로 그 길을 잡은 기는 도도한 강물처럼 전신 혈도를 타고 흐르기 시작했다.

음의 기운을 흡수해 조화를 끌어내는 잠들기 전의 호흡만큼 이 시간 실시하는 호흡의 길을 잡는 것도 무척 중요했다.

절대적으로 비례하는 음과 양의 조화.

선천태극오행기공의 가장 중요한 수련법이었다.

'강해졌다.'

고요한 기운을 담은 그릇처럼 느껴지는 몸 안의 움직임.

소리 없이 요동치는 기운들의 흐름에 작은 희열이 느껴졌다.

육성의 경지에는 다다르지 못했지만 내공의 축적은 비약적으로 상승했음을 알 수 있었다.

그럴 만도 했다.

매일 밥 먹고 수련, 밥 먹고 수련, 노가다의 연속이니 정기신이 게으를 틈이 없었다.

만약 조금만 성취가 미약해도 바로 양 도사가 알고 치도곤을 내렸다.

때때마다 느끼는 것이지만 매에는 장사가 없었다.

나도 사람인지라 맞으면 아팠고 맞을 때는 피하고 싶었다.

하지만 그도 여의치 않을 뿐만 아니라 피했다가 배로 느는 건 불을 보듯 뻔해 이를 악물고 버티며 수행했다.

그 결과가 오늘 이렇게 또 느껴지고 있었다.

내가 생각해도 놀랄 만한 내공의 축적.

집을 짓는 동안 무거운 자재들을 이고지고 하면서 몸의 균형이 더욱 발달된 것이다.

선천태극오행기공을 수련하면서 동시에 장생신선술을 연마하는 이유가 바로 내외공의 조화를 최대로 끌어올리기 위함이다.

그렇게 되면 최상의 조화를 이룰 수 있다.

건강한 몸에 강한 내공이 깃드는 법.

'양 도사님! 정말 눈물 나게(?) 고맙습니다!'

쫙 벌어지고 넓은 등판으로 빨아들이는 따끈따끈한 태양

의 기운도 양 도사를 향한 나의 뜨거운 감정만은 못했다.

저세상으로 가도 몇 십 년 전에 갔을 양 도사의 옛 여인.

그 여인이 지금까지도 양 도사의 화기를 끌어올리는 만큼 내게도 양 도사는 그런 존재로 자리매김해 가고 있었다.

다음 생까지 노리며 자신을 개쪽 준 여인에 대한 집착을 떨구지 못하는 양 도사.

앞으로 남아 있는 이생뿐만 아니라 다음 생에도 절대 지나가는 개처럼 그저 쌩 까고 스쳐 지나갈 수 있기만을 간절히 바랬다.

슈퍼맨처럼 강해지면 무엇하겠는가.

부처님 손바닥 같은 설악산에서 오도 가도 못하는 신세임에야 아무 소용이 없었다.

지금의 내 처지는 양 도사의 대저택을 밤낮 없이 지키는 개 신세밖에 안 되었다.

스스스스스슷.

내가 공으로 먹을 수 있는 것은 자연의 것뿐.

따뜻한 양기를 가득 품고 있는 태양의 기운이라도 쪽쪽 흡수해야 한다.

이 모든 것이 나의 피와 살이 되어 앞으로 얼마나 남아 있을지 모를 나의 생을 양 도사로부터 지켜줄 테니까 말이다.

매번 계산을 하고 나오는 양 도사.

대자연은 나에게 베풀어준 것을 계산하지 않을 것이다.

'날 활활 불태워라! 태양이여! 떠올라라! 오늘 빨대 제대로 한 번 꽂아보자!'

<u>스스스스스스스스스스슷.</u>

서서히 느린 속도로 떠오르는 태양의 기운이 대자연에 고루 뿌려졌다.

나는 그중에서도 양의 기운을 주력으로 해 흡수했다.

지금 내가 앉아 있는 너른 바위 역시 양의 기운이 강했다.

보통 사람들은 분별하기 힘든 음양의 기운을 나는 구분해 낼 수 있는 까닭에 자리를 틀고 앉아도 이 바위에 앉게 된 것.

그래야 좀 더 쉽게 태양이 품은 양의 기운을 끌어들이기가 수월했다.

기회를 봐야 하겠지만 강해져야 도망도 칠 수 있을 것이다.

백년 이상을 이 설악산에서 수련해온 양 도사를 단숨에 속이고 빠져나가기는 어려울 것.

그렇다고 포기한다면 노예생활에서 영영 벗어날 수 없었다.

위이이이이이이잉.

스스스스스스스.

내심 품고 있던 외침과 의지를 드러내자 나를 조력하기라도 하는 듯한 태양.

태양이 발현시킨 양의 기운과 천지만물의 양생력이 나의 내공과 섞여 온몸을 휘돌았다.

'크으으으!'

운기행공의 과정이 모두 가슴 벅차고 행복한 것만은 아니었다.

살짝 오버된 듯한 운기행공의 상태.

그것도 마음을 고요하게 유지하지 않은 채 기운을 돌린 탓에 자연의 기운이 거칠게 흡수되었다.

잠깐 그것을 놓친 탓에 온몸의 세맥에서 자잘한 통증이 감지되었다.

개미들이 물어뜯는 것 같은 자잘하면서도 세밀한 고통.

'이 정도 고통은 나에게 껌이다! 껌!'

양 도사 밑에서 육체적 정신적으로 억압당하는 그 고통에 비하면 아무것도 아니었다.

한 인간의 존엄성 훼손에 아무런 양심의 가책 같은 것도 느끼지 않는 양 도사.

잠깐 스치는 바람과 다를 바 없는 아픔.

기꺼이 당해낼 수 있었다.

나는 고통이 더해질수록 이를 악물고 선천태극오행기공을 극도로 운행했다.

일반적으로 알려져 있는 내공심법도 아니고 신선에 드는 도사들에게만 내려온다는 하늘의 운기행공법.

슈우우웃 슈우우웃.

미친 듯 양기를 빨아 들여 단전과 전신 세맥에 쌓았다.

'많이 묵어라! 배터지도록 먹어!'

허기는 달래지지 않았다.

배가 고팠다.

이 산중에서 벗어나기 위해서는 더 많은 기운을 비축해야 한다.

단전과 전신 세맥 구석구석에 쑤셔 넣어야 할 자연의 기운.

'단비야! 이 오빠가 간다! 기다려!'

그녀를 생각할 때면 더 이글거리며 끓어오르는 기운.

더욱 거세게 태양의 기운을 끌어왔다.

한마디 말도 남기지 못하고 이곳으로 끌려왔다.

그때를 생각만 해도 억울함이 하늘을 찔렀다.

그녀 또한 나의 심정과 다르지 않았을 생이별.

기필코 살아남아야 할 이유가 있어 나는 그간의 수련을

이겨내고 또 매진해 왔다.

어쩔 수 없이 나의 육신은 세상과 단절된 채 이곳 설악산에 처박혀 있지만 이대로 끝나지 않을 것이다.

그날을 위해 오직 내공으로써 대동단결하고 있었다.

"단비야……."

─LA행 11시 30분발 대한항공편을 이용하시는 손님께서는 여권과 티켓을 소지하시고…….

조용한 안내 방송이 울려 퍼지는 인천 국제공항.

대학 새내기 냄새가 물씬 풍기는 신입생 은다혜 선수의 눈가에 눈물이 글썽였다.

한국 고등학교를 졸업하고 프로가 아닌 대학에 진학하는 것으로 진로를 정한 은다혜.

마음만 먹는다면 KLPGA 정회원 자격을 획득하는 것도 어렵지 않았다.

하지만 일 년 동안은 대학교 생활을 충분히 즐겨보고 싶었다.

처음 골프채를 잡을 때부터 끊이지 않았던 길고 긴 연습 생활.

꽃을 피우는 봄기운과 이제 갓 스무 살이 된 청춘의 힘이 은다혜를 대학 교정으로 밀었다.

운동을 했던 여성답지 않은 외모.

보통 대학생 같은 풋풋한 모습의 은다혜가 단비의 이름을 다정하게 불렀다.

"우는 거야? 왜 울어, 여름 방학 때 미국에서 보기로 했잖아."

은다혜 앞에 서 있는 여인.

손단비다.

강민이 사라진 뒤부터 기르기 시작한 짧은 단발머리는 허리께에서 닿을 듯 말 듯 찰랑거렸다.

길고 윤기 나는 생머리.

3년이란 시간은 단비를 더욱 아름답고 예쁜 여성으로 성장시켰다.

173센티를 찍은 늘씬한 키.

보통 사람들에게는 살짝 부담스러운 키였지만 운동으로 다져진 완벽한 신체조건이 축복이 아닐 수 없었다.

역시 자체 발광 골프 여신 손단비다운 성장이었다.

평범하기 그지없는 푸른색 카디건에 청바지 차림에 불과했지만 단연 주변의 시선을 사로잡았다.

어디서나 눈에 띄고 돋보이는 외모.

그런 손단비와 은다혜 주변으로 사람들이 하나둘 웅성거리며 다가왔다.

그리고 실례인 줄도 모르고 넋을 놓고 시선을 고정했다.

"히잉… 눈물이 나는 걸 어떡해."

"내가 그렇게 좋아?"

큼지막한 선글라스를 머리띠처럼 올려놓은 단비의 모습.

스포츠 선수이기보다 연예인 스타 같아 보였다.

눈물까지 보이며 자신을 보내는 단짝 은다혜를 따뜻한 눈빛으로 바라보았다.

도톰하고 예쁜 붉은 입술을 여는 손단비.

마주 보면 끝 간 데 없이 빨려 들어갈 것 같은 깊고 검은 두 눈동자.

바라보는 다혜의 마음에 잔잔히 파장을 만들어 냈다.

"민이를… 아직 못 만났잖아. 네가 그렇게 기다렸는데……."

'……'

붉은 입술을 닫는 단비.

그 많은 말들이 순식간에 소리를 잃어버릴 만큼 다혜의 말은 단비의 마음을 흔들어 놓았다.

짧은 시간 뜨거운 열병처럼 단비를 지배했던 첫사랑의 애틋한 기억.

그 사랑을 온전히 느끼기도 전에 이별의 고통 한복판에 남겨졌었다.

고통과 괴로움마저 강민이 단비 자신에게 남기고 간 유일한 추억이었기에 많은 날을 몸부림쳐야 했다.

그 누구도 기억해 주지 않을 짧지만 강렬했던 만남, 그리고 기억들.

부모님께도 열어 보이지 않았던 자신의 마음.

그 속의 뜨거운 감정들을 모두 빼앗아간 강민.

그는 바람처럼 자신의 옆에서 거세게 불다 하루아침에 자취도 없이 사라져 버렸다.

임 코치님을 구하기 위해 깡패들과 일전을 벌였다고 했다.

하지만 그날 이후부터 자취를 감춰 버렸다.

간첩 사건까지 연루되었지만 사라진 강민에 대한 그 어떤 수사도 진행되지 않았다.

그렇게 잊혀져 버린 강민.

그사이 열일곱 소녀였던 단비는 여인이 되었다.

묵묵히 자신의 자리를 지켜온 단비.

처음 만났던 그날처럼 골프채를 잡은 채 환하게 미소 지으며 그를 맞고 싶었다.

연습에 몰두할 때마다 어디선가 홀연히 나타날 것 같았던 강민.

그 희망을 품고 오늘까지 버텨 왔다.

하지만 무심하게도 그런 날들이 쌓여 벌써 3년이란 시간을 집어삼켰다.

한국 고등학교를 졸업하고 미국 대학교 입학 허가서도 받아 두었었다.

그럼에도 한국을 떠나지 못했던 손단비.

더 이상 미룰 수 없게 되었다.

9월에 개강하는 가을학기부터는 어쩔 수 없이 학교생활을 시작해야 했다.

그리고 미국에 들어가 적응을 해야 하는 상황.

단비의 마음은 언제까지나 한국에 남아 그를 기다리고 싶었지만 아버지도 더 이상은 허락하지 않았다.

"손단비 아니야?"

"와, 실물로 보니까 진짜 죽인다."

단비와 다혜 주변을 서성이던 젊은 청년들.

스윽.

단비 곁을 지키던 보디가드들이 그들을 살짝 막아섰다.

팟! 파밧!

사방에서 터지는 카메라 플래시.

어디서든 시선을 사로잡는 단비는 친구와의 이별도 자유롭게 하지 못하고 있었다.

"언젠가 나타나지 않겠어? 살아 있다면 말이야."

무심한 듯 강민을 떠올리며 되레 다혜를 진정시키는 단비.

사실 3년 전 그날에는 화가 치밀고 미움과 원망에 몸서리를 쳤었다.

다른 사람들에게는 몰라도 자신에게는 말 한마디쯤 하고 떠났어야 하는 게 아닌가 하는 생각 때문이었다.

아무리 급한 일이 있었다 해도 전화라도 한 통 줘야 했다고 말이다.

강민과 자신의 사이가 그 정도는 되는 사이라고 여겼다.

하지만 그 마음도 만 하루를 가지 못했다.

빵빵 터지기 시작한 사건의 전말들에 대한 보도들.

조폭과 간첩이 연루되고 납치가 있었고 그 자리에 강민이 있었다는 것.

잠시 일었던 미움과 원망은 걱정에 잠식되었고 날이 지날수록 그 근심은 커져만 갔다.

그 누구도 강민의 안부를 전하는 사람은 없었다.

자칫 무슨 일을 당했을지도 모른다는 생각까지 들었다.

그대로 세상에서 처음부터 없었던 사람처럼 지워지는 게 아닌가 하는 생각.

그러던 어느 날 임혁필 코치님이 전해준 한마디.

스승님이라는 분에 의해 자신의 의지와 상관없이 끌려갔

다는 말.

누구인지는 모르지만 강민의 스승님이라고 했다.

임 코치님의 눈에 도사 한 분이 나타나 강민을 데려갔다
고 했다.

그 말을 전해 듣고 근심과 걱정은 내려놓았다.

그리고 시작된 긴 기다림.

전통 무술을 연마했다는 소리를 들어 알고 있었기에 다
시 잠깐 수련을 하러 떠난 것이라고 생각했다.

그리고 사라지기 전 자신과 한 약속을 기억하고 있을 테
니 한 번쯤은 연락이 올 거라는 기대도 품었다.

앞에 나타날 수 없다 해도 전화 한 통은 가능할 테니까
말이다.

하지만 단 한 번도 그 어떤 경로를 통해서든 연락이 오지
는 않았다.

한 달, 두 달, 세 달, 일 년, 이 년, 그리고 삼 년.

서서히 무심하다 여겼다.

그러다 어느 시점에서는 사악하게 느껴졌다.

그만큼 무심한 사람으로 여겨지기 시작한 강민.

골프가 없었다면 단비는 정신적 고통과 스트레스로 우울
증에 시달렸을 것이다.

태어나 처음 겪는 고통스러운 기다림.

처음 마음을 준 강민이었기에 더했다.

다른 사람을 만나면 더러 잊히기도 한다는 말을 들었지만 강민의 빈자리는 다른 사람이 대신해 줄 수 없는 무엇인가가 있었다.

아무리 주변을 둘러봐도 강민만큼 자신을 편하게 머물게 해주는 사람은 없었다.

듣기 좋게 여신이라 부르며 주변을 빙빙 맴돌 뿐 용기 있는 이들은 하나도 없었다.

게다가 남자로 보이지도 않았다.

은다혜 역시 화려한 데뷔를 꿈꾸고 있는 것은 단비와 마찬가지였다.

늘 친구이자 경쟁자였던 단비였다.

필드에서야 승부를 위해 겨뤄야 하는 경쟁자였지만 사석에서는 둘도 없는 친구 사이.

작은 아이스크림 한 개를 놓고도 종일 수다 떨기가 가능할 만큼 편안한 관계였다.

단비가 한국에 들어와 유일하게 사귄 친구였다.

"먼저 가서 자리 잡고 있을게."

"응~!"

사락.

손을 마주잡은 두 사람.

"가시지요."

일정을 체크하고 단비를 보호하는 보디가드 팀장이 단비를 재촉했다.

"도착하면 전화할게."

"응, 바로 전화해."

단비만큼이나 다혜도 주변에 친구가 없기는 마찬가지였다.

강민이 사라지고 난 뒤 더 말이 없어진 단비였다.

그런 단비가 걱정되어 3년 동안 단비 옆에만 붙어 다녔다.

그러는 사이 다혜 주변에 있던 몇몇 친구들과도 소원해져 버렸다.

더구나 따돌림 뒤에 들려오는 소문들까지 더해지며 다른 친구들을 사귀는 데 장애가 되었다.

골프 여신 옆에 붙어 그녀의 후광을 노린다는 소문.

그러나 개의치 않았다.

누가 뭐라 해도 은다혜 스스로 자신의 가치를 세상에 알릴 수 있다고 자신하고 있었기 때문.

그리고 정말 친구 단비가 좋았다.

입으로만 친구가 아니라 마음으로 대화를 나눌 수 있는 손단비.

세상에서 단비의 진면목을 제대로 알고 있는 사람은 은다혜 자신밖에 없다고 생각했기에 그것만으로도 행복했다.

"안녕……."

단비가 손을 흔들며 보디가드와 함께 출국장으로 사라졌다.

"잘 가~!"

손을 휙휙 흔들며 안녕을 고하는 은다혜.

스윽.

어느새 단비의 모습은 사라지고 낯선 사람들이 앞을 서성이며 지나갔다.

"치이, 강민 이 나쁜 놈아. 저런 멋진 애를 왜 울리는 거야! 그것도 3년씩이나 기다리게 만들고!! 니 잘난 줄 알지만 넌 진짜 나쁜 놈이야."

사실 단비만 아니었다면 다혜 역시 강민이라는 대어를 포기하지 않았을 것이다.

그러나 아무리 생각해 봐도 강민의 짝으로 자신은 부족하다는 생각이 들었다.

그래서 일치감치 마음을 접었던 것.

차라리 오르지 못할 나무 아래서 목을 꺾고 기다리는 것보다 포기하는 편이 낫다고 여겼다.

한국 고등학교 재학 중에 한때 여학생들 일부의 성적이

급격히 떨어진 적이 있었다.

강민을 마음에 두었다가 상사병에 걸린 공부벌레들이 다수 나타났기 때문.

그 정도로 강민이 몇 달 동안 한국 고등학교 여학생 전체에 미친 파장은 생각보다 컸다.

그리고 천하의 손단비가 강민을 그리워하다 눈물을 흘렸다면 더 말할 것도 없었다.

"누나, 단비 누나랑 친해요?"

"연락처 아세요?"

토요일 오후의 공항.

그렇지 않아도 주말이면 입출국 인파가 많이 몰리는 날.

여드름이 얼굴에 가득 난 고등학생 정도로 보이는 남학생들이 은다혜 주변에 몰려 법석을 떨었다.

"야! 내가 왜 니들 누나야! 우리 아빠가 니들 아빠냐? 그리고 꿈 깨라! 단비는 니들 같은 촌티 나는 애들 쳐다보지도 않으니까!"

십대 때와 달리 지금은 쉽게 듣게 되는 누나라는 말.

아줌마 소리를 듣지 않는 게 천만다행이었다.

은다혜는 그렇지 않아도 속이 시끄러운데 고등학생 남학생들까지 끼어들자 까칠하게 반응했다.

'자식들! 벌써부터 까져가지고 예쁜 것부터 찾아!'

은다혜도 어디 가면 빠지는 외모는 아니었다.

하지만 단비와 함께 있으면 수준 차이가 많이 나 보였다.

여신과 그 여신을 따라다니는 시중드는 여인 정도랄까.

'그나저나 강민, 넌 어디 있는 거야? 정말 소문처럼 도 닦아 신선이 되려는 거야?'

어디서 흘러나왔는지 정확한 정보 출처는 알 수 없다.

하지만 강민이 신선이 되기 위해 학업을 중도에 포기하고 스승을 따로 산으로 들어갔다는 말이 휙 돌았었다.

절대 강민과는 어울리지 않는 신선이라는 신분.

'강민~ 빨리 나타나라. 아무리 단비가 일편단심이지만 미국 가면 어떻게 될지 모르니까~'

막상 다혜 자신은 강민에게 다가갈 수 없었지만 선남선녀의 사랑을 축복해 줄 만한 마음은 품고 살았다.

그런 다혜도 장담할 수 없는 일.

키 크고 눈동자 움푹 들어간 멋진 남자들이 차고 넘치는 파라다이스 아메리카.

그곳에서도 역시 빛날 단비.

나타나지 않는 강민에게는 위험한 시절이 아닐 수 없었다.

단비도 여자였다.

환경과 상황에 따라 바람에 춤추는 갈대처럼 휘청이는

게 여자의 마음이란 걸 다혜는 잘 알고 있었다.

여자라면 누구나 예측 가능한 상황과 환경.

한없이 헌신적인 모습을 보이다가도 마음이 식으면 한순간 돌아서 버리는 게 여인들의 마음이다.

그런 여인들의 마음을 두고 잘나가는 철학자가 고민에 찬 일갈을 토하기도 했지 않은가.

여인의 마음은 미풍이 풀기 전에 먼저 쓰러지는 갈대라고.

"멈춰라!"

꾸에에에에엑!

타다다다다다다가.

나의 외침에 무식하게 꼬리를 말고 줄행랑을 치는 덩치 큰 수컷 멧돼지.

내빼는 모양만 봐도 족히 300근은 나갈 것으로 보였다.

'나한테 죽은 멧돼지 귀신이라도 붙었나?!'

나와 눈이 마주치자마자 잽싸게 내빼는 멧돼지.

호랑이, 늑대, 곰 같은 종류의 야생동물이 없는 이곳 설악산.

최종 포식자로서 지위를 멋대로 누리던 멧돼지가 저렇게 약한 모습을 보일 리 없었다.

분명 개장수 개들이 알아보듯 멧돼지 귀신 붙은 나를 멧돼지들이 알아본 듯했다.

콰드드드득.

'와아! 진짜 무식하네.'

굴러가는 바위처럼 어지간한 나무들은 억센 힘으로 찍어 넘어뜨리며 치고 나가는 멧돼지의 아름다운 모습.

그 뒤를 쫓다가 멍하니 녀석이 사라지는 곳을 쳐다보았다.

굳이 잡지 않아도 서운할 건 없었다.

지금도 충분히 냉동실에 보관해 놓은 고기 양으로 며칠은 탕수육 재료로 쓰고 남았다.

게다가 수컷은 잡아도 비린내 제거하기가 쉽지 않았다.

"그래, 가라 가. 넌 오늘 먼저 가신 멧돼지 조상들 공덕으로 산 줄 알아라."

언제든 눈에 뜨게 되어 있고 마음만 먹는다면 못 잡을 것도 없다.

나와 눈이 마주치고도 살기를 드러내지 않고 내빼기부터 하는 놈을 쫓을 필요는 더욱 없다.

살기를 드러내고 덤벼야 놈을 죽여 갈비를 쪼개고 내장을 꺼내고 싶은 마음도 드는 법.

덤비지도 않은 놈을 연장질 하는 건 내키지도 않았다.

"킁킁 이 냄새는……."

멧돼지가 사라지는 것을 보고 있는데 스멀스멀 코끝으로 귀한 냄새가 스쳤다.

"더덕! 그것도 물찬 더덕!"

산삼에 비하면 별것 아닐 수도 있는 물건.

하지만 도라지와 함께 삼대 사포닌 함유 식품에 드는 더덕.

멧돼지가 땅을 파헤치고 있었던 이유가 더덕 때문이었던 것이다.

"흐흐… 이거 웬 횡재냐."

살짝 흙에서 모습을 드러내 보인 어른 주먹만 한 자색 더덕이 눈에 들어왔다.

딱 보아하니 적어도 100년은 족히 된 진짜 더덕 중의 더덕이다.

사삭.

재빨리 고개를 돌려 사방을 훑었다.

어디선가 양 도사가 지켜보고 있거나 하면 곧장 뽑아 고이 기증해야 할 물건이다.

이 정도 급수라면 분명 몇 백만 원에서 일천만 원까지 받을 수 있다.

아무리 돈이 있다 해도 이런 물건은 인연이 닿지 않으면 절대 맛볼 수 없는 귀한 것이다.

물찬 더덕은 그 때를 놓치면 쉽게 물러지고 약성 떨어지기 때문에 금방 섭취해야 그 진가를 그대로 흡수할 수 있다.

"흐흐."

요즘 같은 세상에는 아무리 깊은 산중이라 해도 보물급 약초를 만나기가 쉽지 않았다.

환경이 오염돼 비도 산성비가 내리고 자연기류가 뒤죽박죽되어 과거와 같은 환경을 꿈꿀 수 없다.

게다가 천지간이 뒤집혀 비가 와도 너무 자주 와 홍수 내지는 가뭄이 심했다.

적당한 일조량은 산야초들의 약성을 높이지만 요즘은 아주 지랄 환경이다.

기온도 높아져 한반도에서 자생하는 약초들도 몸살을 앓고 있다.

이런 환경에서 만난 보물급 물더덕.

자색이 선명한 광체는 이 한 자리에서 오래 뿌리를 내렸음을 증명한다.

그리고 좋은 기운이 가득하다.

터가 좋았던 것.

"더덕 할배, 잘 먹고 잘살겠습니다."

나는 합장을 하고 무릎을 굽으며 덥석 절을 올렸다.

100년을 넘게 산 천지자연의 모든 것은 함부로 대해서는 안 된다.

일어나 꾸벅 반배를 하고 나는 경건한 마음으로 물더덕 앞에 무릎을 꿇고 앉았다.

그리고 떨리는 손으로 몸통과 뿌리를 조심스럽게 뽑아 올렸다.

스슷 스스슷.

잔뿌리 하나도 끊어지면 상하면 약효가 떨어지는 법.

'잘못했으면 아까 그놈이 처먹고 큰일 날 뻔했네!!'

내뺀 놈은 수돼지.

이 한 뿌리를 혼자 다 처먹었다면 온 산을 암컷 찾아 뛰어다녔을 것이다.

멧돼지도 지 몸에 좋은 건 귀신같이 알았다.

산삼 이하 장생도라지, 약더덕을 캐먹고 힘이 뻗쳐서 암컷들을 덮치는 수컷을 여럿 봐왔다.

성인 남자들도 한 뿌리 잘 먹으면 변강쇠가 되니 멧돼지도 다를 바는 없었다.

다만 아쉬운 것은 그렇게 양기로 모든 약성을 소모시켜 버려 나중에는 100분의 1도 정작 몸에는 흡수를 시키지 못한다는 것이다.

그런 까닭에 일반인들이나 동물들은 영초나 귀한 약초를 그렇게 먹어대도 큰 효과를 볼 수 없다.

수련, 그것도 제대로 무엇을 알고 운기행공하는 자들만이 약초의 본래 영기를 쪽쪽 흡수할 수 있다.

"크으~ 향기 쥑이네."

쑤욱 뽑아 올린 자색 물더덕의 향기가 주변으로 퍼졌다.

얼마나 향기가 진한지 콧속으로 한 움큼 흡입된 공기만으로도 머리가 삥 돌 정도다.

더덕 특유의 쌉싸름하면서 알싸한 향.

거기에 험한 산 속에서 살아남겠다고 뽑아 먹어 축적한 자연지기가 가득 차 있었다.

"냉수 먹고 솔잎 갈아 먹는 신선? 염소 소갈비 뜯는 소리지. 난 그딴 것 필요 없다. 무조건 몸에 좋고 맛도 좋은 보약을 도배해서 길고 굵게 살다갈 거야! 스승님보다 더~ 오래 살 거야!"

양 도사는 신선계 출입도 가능하다고 했다.

그래서 미스코리아 누나들이 엎어질 만큼 환상적 미모의 선녀들이 넘친다고 말이다.

나는 가보지도 않았고 만난 적도 없다.

양 도사 말로는 신선이 되면 허연 도포 자락 날리며 그런 선녀들과 썸씽을 만들기도 한다고 했다.

하지만 욕보게 도 닦아 신선이 된 마당에 다 늙어서 무슨 영화를 보겠다고 선녀들과 썸씽을 만든단 말인가.

제대로 된 음주가무는 가능하겠는가.

생각만 해도 어지러웠다.

그래서 난 사람인 채로 좋았다.

양 도사는 내 앞에서 매번 신선이네 옥황상제네 선녀네 하며 선계 얘기를 했지만 관심없다.

눈까지 해롱거리며 그냥 죽여준다고 말했지만 끌리지 않았다.

사람으로 나서 이 팔팔 끓는 젊음을 산속에서 썩는 것도 억울했다.

그런데 그런 자유를 다 포기하고 마음껏 누려보지도 못하고 도만 닦다 죽고 싶지 않았다.

귀신이 되어서도 후회만 남을 게 분명하다.

그리고 결정적으로 주변에 가득 찬 게 선녀들이라 해도 선계에 머무는 존재들 안 봐도 뻔했다.

모든 것을 다 긍정적으로 받아들이며 허허허 웃기만 할 것 아닌가.

나는 인간다운 감정을 소유한 자들 속에 살고 싶다.

단비를 비롯해 바라만 봐도 가슴이 아프기도 하고 좋기도 했던 그녀들과의 생활.

옥황상제님을 모시고 있을 선녀들은 재미없다.

그들과 달리 인간들은 자유의지를 발현해 스스로 빛나지

않은가.

척 봐도 인간 세상이 살 만한 것을 양 도사는 첫사랑에
입은 상처 때문에 이 좋은 것들을 버리고 선계를 출입하고
있는 것이다.

덜 떨어진 도사 같으니라고.

오만 가지 감정의 소용돌이 속에서 피어나는 사랑의 열매.

그것은 인간만이 취할 수 있는 최고의 수확물이 아니겠
는가.

"분명히 말합니다~ 저 신선 안 해요~!"

나는 고개를 쳐들고 하늘을 우러르며 확고한 의지를 내
뱉었다.

양 도사는 나를 제자 삼아 제대로 신선 한 번 만들어볼
요량이지만 난 거절이다.

이미 양 도사로 인해 도사와 신선에 대한 기준은 충분히
섰다.

아무리 도를 닦아서 대도가 됐다 해도 지금까지 과거지
사 원한 때문에 몸부림치는 불쌍한 중생이었다.

거기에 더해 다음 생까지 물고 늘어지고 있는데 무슨 답
이 있겠는가.

화끈하면서 명확한 나의 신념으로 이 생을 제대로 살다
가 미련없이 가고 싶을 뿐이다.

와작.

피가 끓어오를 정도의 의지를 다지는 심정으로 나는 외쳤다.

하늘이 있다면 분명 들었을 것이다.

귀에 바늘이 꽂히는 정도로 강하게 내뱉었으니.

나는 작심하는 동시에 자색 물더덕의 뇌두를 진하게 물어뜯었다.

꿀꺽 꿀꺽.

입안에 넘치도록 고이는 물더덕의 진한 액체.

'오오오오! 대박이다!'

생각했던 것보다 물더덕이 품고 있던 자연의 기운은 강했다.

분명 빨아들인 자연지기를 자양분 삼아 한 번 크게 성장하려고 했을 물더덕.

나의 미래를 위해 기꺼이 자신을 보시하고 있었다.

'멧돼지보다는 낫잖아~'

나는 입안에 씹히는 물더덕을 위로했다.

멧돼지 주둥이 안으로 들어갔다면 설악산 암퇘지들 좋은 일만 시켰을 것이다.

다행이 내 입에 들어온 것이 찬란한 그나마 가치있게 생을 마감하는 것이고 결국 나를 통해 영생하는 것이라고 말이다.

우적우적.

쭉쭉 물더덕을 빨아마셨다.

그리고 나중에는 쭈글쭈글해진 더덕을 흙이 살짝 묻은 채로 씹어 삼켰다.

산중 흙도 약이라고 하면 약.

그것도 더덕 뿌리에 묻은 흙은 맨흙과 성분도 다르다.

꿀꺽.

목젖을 타고 넘어가는 물더덕의 마지막 잔여물.

씹을 것도 별로 없었다.

워낙 오래된 분이라(?) 육질이 야들야들했다.

"캬아~ 바로 이 맛이야~"

보통 사람들은 죽었다 깨어나도 모를 이 환상의 맛.

뭣 모를 때 설악산에 끌려왔던 과거 3년과는 다른 자세로 나는 3년을 보내왔다.

요 근래 들어서는 더욱 자세를 달리해 보내고 있었다.

집을 짓고 난 직후부터 기력이 쇠한 것이 아니라 기 좀 찼다 싶은 것은 다 이유가 있다.

양 도사는 상상도 하지 못할 나의 생활 자세.

그것은 오늘 이 순간처럼 눈에 띄는 약성 높은 물건들을 그 자리에서 씹어 삼킨다는 것.

애써 캐다 바쳐봤지만 사기꾼 도사의 술값밖에 안 됐다.

그래서 행동지침을 바꾸었다.

나를 위해 투자하자.

그 결과 산을 헤매도 실적이 좋지 않은 것으로 되었다.

대신 나의 내공이 기하급수적으로 상승하고 있었다.

빡센 수련과 운기행공.

그리고 설악산 약초들의 약발로 100년은 끄떡없이 장수할 수 있을 것 같았다.

"그럼 운기행공 한판 땡겨 볼까."

굳이 경건한 마음과 자세를 취할 필요도 없었다.

그건 영화나 드라마에서 그럴싸하게 연출하는 것일 뿐.

타닥 탁.

가볍게 발걸음을 옮겨 지척에 있는 바위 위로 올라섰다.

영기를 품은 약초를 섭취한 후에는 바로 운기행공을 통해 몸에 흡수되게 해야 한다.

그냥 먹고 말아 버리면 스스로 흩어지는 기운처럼 그냥 위에서 다른 음식들처럼 소화흡수 되고 대부분의 것들이 똥이 된다.

그런 것을 생각하면 똥도 아까웠다.

이런 사실을 알지 못하는 자들의 영초 복용을 보고 있자면 안타까운 일이 아닐 수 없다.

특히 양 도사에게 뭉텅이 돈을 싸들고 와 내가 어렵게 채

취한 영초를 사 먹는 중년 남성들을 보면 더했다.

스윽.

살짝 눈을 감았다.

이쪽은 입산이 통제돼 있는 구역이라 등산객의 출입이 전혀 없었다.

그만큼 마음 놓고 수련에 집중해도 되는 환경.

양 도사의 얼토당토 않는 트집만 아니라면 설악산이 좋은 것은 한두 가지가 아니었다.

마음이 이는 대로 수련을 할 수 있다는 것.

도 수련 장도로 이만한 곳이 없었다.

'그렇지! 스승님 옷차림이 수상했는데!? …설마 오늘이 그… 날?'

새벽에 기상해 수련할 때 언뜻 보았던 벽에 걸린 양 도사의 옷.

최근 맞춘 도포였다.

비단으로 짓기라도 했는지 유독 번들거리던 광채가 쳐다보지 않으려고 해도 눈이 갔다.

그런 도포는 평소 입지 않고 모셔두기만 하는 양 도사.

분명 벽에 나와 걸려 있었다.

아침부터 벽에 걸어 놓고 흐뭇하게 웃고 있던 모습이 신경 쓰였다.

어디 외출이라도 하려는 폼이었던 것.

'그래! 바로 오늘이야!'

나의 하루 일은 판에 박은 듯 정해져 있었다.

그러니 양 도사는 나에게 굳이 어디를 간다 언제 온다 하는 말도 없이 다녔다.

또 워낙 찰나에 보았던 장면이고 아침 수련 시간에 늦으면 개 맞듯 맞아야 하니 마음이 급할 수밖에 없었다.

그리고 잊어버리고 있었다.

이 순간 이렇게 떠오른 것도 하늘의 가피가 아닐 수 없다.

아니 물찬 더덕의 가피였다.

'기회다!'

기회이자 나에게는 위기였다.

만약 오늘이 그날이 아니고 나의 오판이라면 도주 발각 후 그 순간 저승 문턱을 넘어야 할 것이다.

꿀꺽.

마른침이 목구멍으로 넘어갔다.

"후우……."

나는 길게 숨을 쉬며 눈을 질끈 감았다.

짧게라도 더덕의 기운을 흡수해 놓아야 한다.

그래야 나중에라도 되새김질할 수 있기에 시간을 늦출 수만은 없다.

서둘러 선천태극오행기공을 운용해 내공을 일으켰다.

스스스스스스.

단전과 세맥에 잠자고 있던 기운들이 요동치며 운행을 시작했다.

대주천하기에는 급박한 순간.

식도를 타고 위장에 들어가 있는 더덕의 기운은 기공을 운용해 천천히 녹아들기 시작했다.

'맛 좋네.'

입안에 남아 있는 향취를 떠나 위장에서 흡수되는 물더덕의 기운이 기분을 좋게 만들었다.

자연이 인간에게 준 또 다른 선물.

땡큐 하며 받아 마셨다.

스스스 스스스스스슷.

기운이 한 바퀴 도는 사이 물더덕의 기운이 거의 흡수되었다.

아무리 좋아도 산삼과는 차원이 달랐다.

그래도 몇 달을 투자해 혼자 쌓아야 할 공력 정도는 순식간에 모았다.

"하아~"

짧은 소주천을 끝내고 기지개를 켰다.

어느새 해가 서산으로 기울어 가고 있었다.

설악산에 저녁이 찾아온 것이다.

잠시 멍하니 망중한의 여유를 즐겼다.

"꺄아아아악~"

"엥?"

하지만 그것도 순간.

갑자기 멀지 않은 곳에서 들려오는 여성의 찢어질 듯한 비명 소리.

"까아악! 까악!"

쿠에에에에엑.

"헉! 저 소리는!"

여성의 비명 소리 뒤에 이어 들려오는 돼지 소리.

흥분한 멧돼지 울음소리가 분명했다.

내 눈에 쫄아 내뺏던 수퇘지가 분을 딴 데서 풀고 있는 것 같았다.

터억!

밟고 서 있던 바위를 박찼다.

'위험하다!'

성인 수컷 멧돼지는 건장한 사냥꾼도 상대하기 힘들만큼 거칠었다.

사냥개 몇 마리가 함께 물어뜯어도 끝까지 저항하는 무식한 놈이다.

그래서 멧돼지를 잡을 때는 강력한 엽총과 사냥개를 동반해야 하고 포수도 여럿이서 합동해 공격해 잡아야 하는 것이다.

그런데 지금 그 사나운 멧돼지, 그것도 수돼지가 여성을 위협하고 있다.

여자의 비명 소리가 산골짜기를 타고 울려 퍼졌다.

자칫 큰 사달이 날 수도 있는 상황.

피이잉! 피비비빙.

본능적으로 몸이 알아서 비명 소리가 나는 방향으로 빗살처럼 움직였다.

양 도사처럼 이런 상황에 허공 답보할 수 있다면 얼마나 좋겠는가.

하지만 그것은 꿈같은 얘기.

하지만 나도 3년을 투자한 몸.

과거와 비교할 수 없을 정도로 신법이 발전해 있었다.

내공 증가와 함께 완숙해지고 있는 선법의 운용력.

'우후~'

내가 봐도 대견했다.

산을 휘젓는 강력한 돌풍처럼 땅에 닿을 듯 말 듯 먼지를 일으키며 이동해 갔다.

"까아악! 사, 살려주세요!"

'엇!'

더 강해지고 가까워지는 비명 소리.

그런데 내가 알던 누군가의 음색과 비슷하게 느껴졌다.

'이 목소리는…….'

그럴 리 없겠지만 왠지 모르게 익숙하게 귓속을 파고드는 비명 소리.

타닷 타다닷.

순식간에 바위와 나무를 건너 멧돼지와 여인이 대치하고 있을 현장으로 향했다.

입산이 금지된 곳이 아니기를 바랄 뿐이었다.

그리고 내가 닿을 동안까지 제발 무사하기만을 바랐다.

"꺄아아악~!!!"

타다다닥.

꾸에에에에에엑!

등에 분홍색 배낭을 배고 푸른색 바람막이 외투를 입은 여성.

등산복 차림의 한 여성이 비명을 지르며 산자락을 네 발로 기다 걷다 하며 뛰어올랐다.

그 여성의 뒤를 쫓아 인상 더러운 멧돼지가 달렸다.

송곳니가 뾰족하게 휘어져 튀어나와 있다.

덩치는 웬만한 황소 크기 정도는 돼 보였다.

씩씩거리며 내달리는 폼이 성질이 포악하고 더럽기로 포획꾼들에게도 소문이 자자한 수돼지다.

"살려주세요! 우아아아앙! 엄마!!!"

울다 뛰다 넘어지는 여성은 정신이 없다.

체구는 작지 않고 키는 웬만한 여성들과 비슷해 보인다.

성숙한 성인 여성으로 날씬한 몸매에 탄력적여 보이지만 멧돼지 한 끼 간식거리 정도밖에 돼 보이지는 않는다.

어디로 도망을 치거나 할 수 있는 상황이 아니다.

대적해 사나운 멧돼지를 어떻게 할 수 있는 여건이 전혀 되지 못했다.

서산으로 해가 지면서 그림자가 점점 밝은 기운들을 집어삼키고 있었다.

여성은 설악산 험한 산세를 죽을힘을 다해 뛰는 수밖에 없었다.

꾸에! 꾸에! 꾸에에에에!

바로 직전 맛 좋은 물더덕을 씹어 먹기 직전 인간에게 그것을 빼앗긴 수돼지다.

한강에서 뺨 맞고 약한 인간 여성에게 제대로 분을 풀어보자고 덤비는 돼지.

눈에 살기가 가득한 돼지가 여성의 냄새를 맡은 것이다.

최근 설악산 북쪽 방면에서 이쪽 능선으로 이동해 왔다.

영역을 넓히려고 왔다가 오늘 여러 가지 경험을 하고 있는 것이다.

게다가 첫날부터 코끝을 자극했던 물찬 더덕.

그 순간 한 인간과 맞닥뜨렸다.

처음에는 만만하게 봤지만 문제는 보통 인간이 아니었다는 것.

어릴 적 운 좋게 산삼을 캐 먹은 뒤 다른 멧돼지들보다 머리가 잘 돌아갔던 수돼지.

영특하게도 인간의 기세를 잘 파악했다.

올해로 연식 5년차 설악산 수돼지.

멧돼지 세계에서는 젊지도 늙지도 않은 중후한 멋을 아는 시기다.

위험함과 만만함을 기가 막히게 알아채는 시절이다.

자존심은 상하지만 더덕을 빼앗기고 목숨 건져 내빼다 인간 여성과 마주쳤다.

이번에는 암컷이다.

수컷에게 쫓겨 귀한 더덕을 버리고 도망치다 만난 암컷을 보자 분노가 치받쳤다.

굵은 나무를 들이받으며 화풀이를 했지만 분이 풀리지 않았다.

그러던 중 제대로 된 화풀이 대상을 만난 것.

두리번거리며 무엇인가를 찾는 듯한 암컷 인간을 보는 순간 승리자의 포효가 절로 터졌다.

돌격을 감행했다.

그때 암컷 인간이 손에 들고 있던 지팡이를 휘둘렀다.

절묘하게 돌격하는 수돼지 오른쪽 눈탱이를 가격했다.

움푹 패었다.

피가 철철 쏟아졌다.

수돼지의 찢어지는 듯한 고통에 찬 괴성이 울려 퍼졌다.

그사이 암컷 인간이 안간힘을 다해 도망쳤다.

분홍색 배낭이 맛있는 살덩어리로 보였다.

한쪽 눈탱이를 이용해 돌격했다.

방향이 살짝 맞지 않았지만 무조건 달렸다.

있는 대로 화가 나 있는 상태에서 뵈는 게 없는 수돼지.

날카로운 이빨이 번들거렸다.

곧장 달려 찔러 넣으면 되었다.

탱탱하게 탄력적으로 보이는 인간 암컷의 허벅지를 향해 숨을 몰아쉬며 달렸다.

쿠에에에에에에에.

두가가가각.

산자락을 미친 듯 뛰어 올라가는 멧돼지.

"꺄악! 꺄아아악!"

그에 반하여 체력이 급격히 떨어져 헉헉거리며 나자빠져
비명만 지르는 인간 암컷.

철퍼덕.

힘이 달리는지 얼마 못가 주저앉았다.

쿠에에에에!

한 방을 노리며 인간 암컷 머리통을 향해 피눈물을 질질
흘리며 돌격하는 수컷 멧돼지.

뼈까지 씹어 먹을 기세가 수퇘지에게서 풀풀 풍겼다.

"미, 민아! 강미이이이이이이이인!

인간 암컷이 비명을 질렀다.

처음 질렀던 비명과는 차원이 다른 이상한 음성.

"······!!!"

번쩍 수퇘지 귓구멍으로 파고드는 불길한 그 무엇.

움찔했다.

쇄애애애애애앳.

그리고 등 뒤에서 느껴지는 이상한 기운.

수퇘지의 머리통을 향해 무엇인가 사정없이 공기를 가르
며 날아드는 것이 느껴졌다.

남은 한쪽 눈탱이를 돌려 바라보는 순간.

뻐어어억.

그때 아구창에 느껴지는 뼈가 으스러지는 듯한 고통.

꾸에에에에에에에에.

세상 두려울 게 없이 자신감을 불어 넣어주던 송곳니가 똑 부러져 허공으로 날아올랐다.

그리고 목구멍을 타고 넘어오는 심장에서의 마지막 숨 같은 호흡.

슈우우욱.

콰다다당.

육중한 무게로 돌진하던 멧돼지가 날아온 무엇인가에 팅겨 옆으로 떨어져 내렸다.

이미 반쯤 찢어발겨진 수돼지의 아구창과 머리통.

끽 소리도 남기지 않고 단숨에 숨통이 끊어져 버렸다.

쿠우웅.

떨어져 내린 멧돼지의 몸통이 구르다 큼지막한 나무에 부딪히며 걸려 멈췄다.

사납게 인상을 쓰던 수돼지의 두 눈에 가득했던 살기는 붉은 피눈물이 되어 흐르고 있었다.

『마스터 K』 제12권에 계속…

十萬對敵劍

Fantastic Oriental Heroes

십만대적검

오채지
新무협 판타지 소설

개파 이래 한 번도 고수를 배출한 적 없는
오지의 산중문파 제종산문.

무려 십칠 대에 이르러서야 마침내 괴물 같은 녀석이 나타났다!
하지만 그는 세상사에 초연하기만 하고,
속 터진 사부는 천일유수행(千日流水行)을 핑계 삼아
제자를 산문 밖으로 내쫓는데……

『십만대적검』!

바깥세상이 궁금하지 않았던 청년 장개산의
박력 넘치는 강호주유기!

Book Publishing CHUNGEORAM

유행이 아닌 자유추구-
WWW.chungeoram.com

FUSION FANTASTIC STORY

천중화 장편 소설

세계 유일의 남자

역사를 목격한 적이 있는가.
지금, 세상을 뒤엎을 사내가 온다!

스포츠 만능에, 수많은 여인의 애정까지…
골프계를 뒤흔드는 골프 황제 김완!

그런데 이 남자의 향기가 심상치 않다.

할머니의 비밀과 부모의 죽음.
그에게 전해진 사건들이 이 남자를 뒤흔들고,
이제 그의 행보가 세상을 움직인다!

『세계 유일의 남자』

평범한 남자라고 생각했는가?
천만에! 이자는… 세계 유일의 남자다!

Book Publishing CHUNGEORAM

 유페이버니 자유추구
www.chungeoram.com

FUSION FANTASTIC STORY

죽은 자들의 왕

페리도스 퓨전 판타지 소설

공전절후! 쾌감작렬!
청어람이 선보이는 판타지의 신기원!

『죽은 자들의 왕』

대륙 최고의 어쌔신 길드, 블랙 클라우드.
어느 날 내려진 섬멸 명령으로 인하여 하루아침에 멸망했다.

그러나…….

"오랜만이다, 동생아."

어릴 적 헤어진 동생을 찾아 국경을 넘은 그레이너.
그러나 동생은 죽음의 위기를 겪고,
이제 동생의 모습으로 새로 태어난 그레이너가
모든 음모를 파헤치며 나아간다.

사라졌다 여겨진 전설이 끝나지 않고,
이제 대륙을 뒤흔드는 폭풍이 되리라!

Book Publishing CHUNGEORAM

유행이아닌자유추구 -
WWW.chungeoram.com